LAISSE FLOTTER LES RUBANS

Jacqueline de Romilly est professeur de grec ancien. Elle a enseigné dans différents lycées, à la faculté de Lille, à l'École normale supérieure, à la Sorbonne. Elle a été la première femme professeur au Collège de France, puis la première femme membre de l'Académie des inscriptions et belles-lettres.

Auteur de nombreux ouvrages qui font autorité : *Thucydide et l'impérialisme athénien*, *La Tragédie grecque*, *Les Grands Sophistes dans l'Athènes de Périclès*, *La Grèce antique à la découverte de la liberté*, *Pourquoi la Grèce?*, elle publie en 1969 *Nous autres professeurs* qui constitue « un acte de foi dans le rôle joué par les professeurs dignes de ce nom et dans la valeur formatrice des études grecques ». Elle s'est fait connaître d'un plus large public en publiant en 1984, année de crise et de débat dans l'Éducation nationale, *L'Enseignement en détresse*, témoignage sur son expérience d'enseignante, constat parfois sévère sur l'état de notre enseignement et plaidoyer pour ses valeurs et son renouveau. *Nous autres professeurs* et *L'Enseignement en détresse* ont été réédités en 1991 (Éd. de Fallois) sous le titre *Écrits sur l'enseignement*.

En 1987, elle écrit *Sur les chemins de Sainte-Victoire* : « Je sais de quoi je parle quand j'évoque, avec ferveur, les auteurs de la Grèce classique ; mais je le sais mieux encore quand il s'agit de ces collines. Je ne suis heureuse que là, et par elles. »

Élue à l'Académie française en novembre 1988 au fauteuil d'André Roussin, Jacqueline de Romilly y a été officiellement reçue le 26 octobre 1989. Elle a été, après Marguerite Yourcenar, la deuxième femme à entrer sous la Coupole.

En 1990, paraît son premier roman *Ouverture à cœur*, aux Éditions de Fallois. En 1993, un recueil de nouvelles, *Les Œufs de Pâques*, en 1995, *Rencontres avec la Grèce antique*, *Alcibiade*, en 1997, *Hector* et, en 1998, *Le Trésor des savoirs oubliés*.

Paru dans Le Livre de Poche :

JACQUELINE DE ROMILLY
de l'Académie française

Laisse flotter les rubans

NOUVELLES

ÉDITIONS DE FALLOIS

« Viens voir »

Lucie était sortie dans le jardin, sans raison, juste pour guetter les premiers signes du printemps et tromper sa solitude. Or, comme elle parcourait le grand terre-plein d'herbe rase, le long du bassin, voici qu'elle aperçut, toute frêle et perdue, l'anémone rouge dont elle avait oublié l'existence.

Absurde petite anémone, si obstinée... Elle avait poussé là spontanément et revenait chaque année, avec sa fleur bien ouverte, toujours seule mais toujours vivace.

Devant ce petit salut mystérieux d'une nature fidèle, Lucie réprima une exclamation — un simple « oh » de surprise et de reconnaissance. Mais aussitôt elle s'arrêta ; et son visage exprimait tout sauf la joie. Car, sous l'effet de cette surprise, pendant un bref instant, elle avait eu la réaction des années passées : oubliant qu'Henri était mort depuis plus de deux ans, elle avait failli l'appeler, lui dire ou lui crier « Viens voir ! ». Elle avait eu le sursaut, le mouvement esquissé, la joie, déjà, de partager : un instant, un bref instant, et puis elle s'était souvenue.

Naturellement, elle n'avait pas prononcé les mots ; mais presque ! Quelque chose en elle avait bondi, s'était tourné vers l'absent, de façon instinctive. Et la douleur de buter contre la réalité fut aiguë.

En plus, il y avait quelque chose de choquant à constater que la petite fleur vivait toujours et qu'Henri, lui, ne vivait plus.

Mais ce n'était pas si simple. Comme une boule lancée par un joueur fait, d'un coup, tomber plusieurs quilles, en désordre, de même ce court moment d'oubli révélait bien des fragilités et des doutes, pêle-mêle. Oui, elle avait pu, un instant, perdre le souvenir, réagir comme si Henri n'était pas mort ; c'était étrange. Là-dessus, elle avait reçu la vérité de plein fouet ; et cette vérité en avait été ravivée, à la façon d'une blessure brusquement rouverte. Et puis, surtout, oui, Lucie découvrait soudain que l'anémone rouge n'avait plus aucun sens ni aucun intérêt sans le recours à un témoin : la petite surprise heureuse s'était éteinte aussitôt, faisant le vide après elle et laissant Lucie dépossédée.

Elle s'assit sur la margelle de pierre du bassin, lançant sur la fleur des regards incrédules. Elle éprouvait un chagrin complètement disproportionné à sa cause.

*

Pour une anémone, quelle bêtise !

Lucie s'étonne et s'admoneste. Pourquoi cet appel spontané ? Pourquoi cette âpre privation ? Elle voudrait comprendre.

Après tout, se dit-elle, on partage sa vie avec quelqu'un. Dès lors il devient le seul témoin de tout un passé. Et pourquoi le présent nous touche-t-il, sinon parce que, le plus souvent, il fait écho à ce passé, le réveille, et réveille en même temps la douceur du partage ?

Elle était avec Henri quand ils avaient, pour la première fois, remarqué l'anémone. Nulle émotion, alors : simplement une surprise. D'où vient-elle donc ? « Viens voir, une anémone qui a poussé toute seule. » Il n'y a pas tellement d'anémones, en Provence. Alors une graine perdue ? Poussée par le vent ? Venue d'un bouquet jeté dans un coin du jardin ? En plus l'anémone est une brillante petite fleur, qui évoque la Grèce et qui s'épanouit tôt. On est touché d'en voir une. Mais, de toute évidence, il n'y a pas là de quoi bondir de joie.

Seulement, l'année suivante, ils l'avaient revue. Et là, ils avaient échangé un regard déjà un peu ému. Ce n'était alors plus « une anémone », mais « l'anémone », « notre anémone ». C'est ainsi que les petits incidents d'une vie prennent une valeur accrue parce qu'ils font signe à un souvenir partagé, et éveillent par là des harmoniques, reliant les temps, reliant les êtres. Jamais Lucie n'aurait l'idée de raconter à des tiers, comme un événement digne d'être retenu, qu'une anémone sauvage a refleuri dans le jardin. Ou alors, comme une simple donnée botanique ? Et aussitôt quelqu'un enchaînerait, dans l'indifférence géné rale : « Chez moi, il y a des pois de senteur qui, l'autre année... » À quoi bon ?

En est-il donc ainsi pour tout ? Lucie est assise sur sa margelle, à peine posée, comme quelqu'un qui n'est pas à sa place. Il lui semble que sa vie entière a subi une amputation qu'elle n'avait pas pressentie.

Elle a pourtant bien pris le dessus. Elle a conti-nué sa vie, avec fermeté. D'ailleurs elle n'est pas seule. Son fils et sa belle-fille l'ont accompagnée. Elle peut les associer à bien des choses. Pourquoi être à ce point fragile et démunie ?

À la vérité, ce besoin du témoignage de l'autre doit être surtout nécessaire pour les petites choses.

Le regard porté en commun sur le bébé qui dort dans son landau — leur fils —, cela compte. Et la vision de sa joue au creux de l'oreiller, de ses mains potelées enlaçant dans son sommeil quelque animal en peluche, cela reste. « Viens voir... » Oui, on peut aussi le dire alors. Et le sourire que l'on échange est un lien qui demeure. Mais cet échange de regards n'est pas l'essentiel : le souvenir survivrait en tout cas ; et Lucie n'a besoin de personne pour revoir de telles images ou leur donner du prix.

Il s'agirait plutôt des petits riens dont est tissée la vie quotidienne.

Lucie soupire : ces souvenirs-là sont partout. Au-dessus d'elle, il y a un grand pin. « Viens voir... » Ah ! comme cela lui paraît proche ! Le chat, encore tout jeune, avait grimpé à l'arbre, et il ne pouvait pas redescendre. Il était tout recroquevillé de peur, et il miaulait doucement, ne sachant que faire. Cette fois-là aussi, elle avait appelé Henri : « Viens voir... » Même pitié et même indulgence ironique entre eux deux. Ils l'avaient sauvé, grâce à un escabeau et un balai ; et l'animal avait filé très loin, tout honteux. Lucie se rappelle cette fuite et l'amusement avec lequel ils avaient, Henri et elle, suivi des yeux ce soulagement et cette déconfiture. Ils se sentaient jeunes et complices, alors. Mais allez donc dire, après coup, à un étranger : « Le chat ne pouvait plus redescendre de l'arbre... » Cela n'intéressera personne. C'était à eux deux, pour eux deux, entre eux deux. Et la vie, finalement, trouve son vrai sens dans ces connivences sans cesse renouvelées.

Mais, à présent, plus rien. L'anémone fleurit inutilement. Le chat est mort depuis longtemps. Aucun souvenir du passé n'éclairera plus pour Lucie les petites surprises du présent. En perdant Henri, elle a perdu les mille facettes du quotidien. Elles ne pourront plus jamais scintiller ; elles n'ont plus de sens.

D'ailleurs était-ce seulement pour ces jeux bucoliques ? On dit « Viens voir » à propos de tout. On réclame de l'aide, de la sympathie. Et seul celui qui est au courant de tout, depuis toujours, peut les donner : « Viens voir, la fuite de la cuisine a recommencé », « Viens voir, on a forcé la porte... », « Viens voir, le petit est très rouge... ». « Viens voir » dans ce cas veut dire « console-moi », « rassure-moi », « soyons deux, car c'est notre cuisine, notre maison, notre enfant ». On ne dit plus cela de la même façon, à personne.

Et là, sur sa margelle, Lucie voudrait pouvoir dire à Henri : « Viens voir : je suis malheureuse... »

*

Mais non ! Elle ne peut pas se laisser aller ainsi. Et tout cela à propos d'une anémone !

Lucie se lève résolument. Elle observe le bassin, écarte les feuilles mortes à la surface, et l'eau paraît, lisse comme un miroir où se reflète le ciel. Ce grand miroir retient son attention, comme s'il allait livrer un secret.

Depuis qu'elle s'est reprise, elle éprouve, en effet, un doute nouveau. Elle était là à s'attendrir sur ces appels constants à la présence de l'autre ; et tout à coup elle se demande — sa misère finale le confirmerait — si ce besoin ne trahissait pas chez elle un étrange infantilisme. À bien réfléchir, n'était-ce pas toujours elle qui disait « Viens voir » ? Henri en appelait-il ainsi à elle, parfois ? Pas souvent, en tout cas. Elle se souvient même d'occasions trop fréquentes où il acceptait de « venir voir » avec un air de patience lassée qui trahissait son peu d'intérêt : il obéissait sans aucune spontanéité, pour ne pas la contrarier. Il répondait aussi, dans bien des cas : « Tout à l'heure », ou « Cela ne peut-il pas attendre ? » Il n'aspirait pas, comme elle, à partager. Il se pliait seulement au caprice d'une enfant.

Oui, d'une enfant! Peut-être chez Lucie, s'agissait-il, en effet, d'une réaction d'enfant, dont elle ne s'était jamais affranchie.

Elle fixe la surface de l'eau comme une voyante fixe sa boule de cristal. Et il lui semble que, des profondeurs sombres, sortent des souvenirs qui, tout ensemble, l'attendrissent et la condamnent.

Dès son enfance, aucun doute : elle en appelait déjà, sans cesse, au témoignage de ceux sur qui elle comptait : « Regarde, maman, regarde! » Et elle tirait sa mère par la manche, exigeant de lui faire admirer, toutes affaires cessantes, une construction de cubes précaire et branlante. « Regarde, papa, regarde! », et elle lui apportait une page de dessins, sa dernière œuvre, avec de grands soleils jaunes et des chevaux rouges, bondissant en plein ciel. Tous les enfants le font. Elle l'avait seulement fait plus que d'autres — et plus longtemps.

Elle le sait bien, parce que l'on se moquait d'elle gentiment, et que ces histoires étaient parfois répétées, après coup, dans la famille.

On racontait ainsi l'histoire de son poulet qui s'appelait Georges : son frère s'était amusé à glisser chaque jour un œuf à côté de Georges; et elle, émerveillée, elle y croyait : « Viens voir! Il a encore pondu! »

On racontait aussi, plus tard encore, comment étant en voiture à côté de son père, qui conduisait, elle s'était écriée, dans un croisement particulièrement délicat : « Regarde, papa, vite! regarde cet arbre! » Elle devait avoir dans les treize ans; et il s'agissait d'un magnolia en fleur dans un jardin qu'ils venaient de dépasser. Le moment n'était pas très bien choisi; mais elle était ainsi, spontanée et puérile, même à treize ans.

Même à treize ans, même à vingt ans, même à quarante ans... Apparemment elle était passée de la protection de ses parents à celle de son mari; et elle avait continué, sans doute, avec aussi peu d'à-propos, à réclamer l'attention dont elle n'avait pas appris à se passer : « Viens voir... » Comme elle avait dû ennuyer Henri! Comme elle comprenait, aujourd'hui, son peu de conviction!

À présent qu'aucun aîné ni aucune protection ne lui reste, voilà qu'elle bute, comme une enfant abandonnée, sur cette absence, sur ce silence. Elle regrette évidemment Henri, parce que c'était lui, mais aussi, de façon bête et égoïste, parce qu'elle avait toujours eu quelqu'un — un soutien, un regard, un secours.

Dans l'eau immobile du bassin, il lui semble voir flotter l'image de ce visage d'homme, familier et grave, dont elle n'a jamais fait l'effort de comprendre les secrets — celui d'un homme qui peut-être l'avait supportée pendant toutes ces années, l'esprit ailleurs, elle ne savait où.

Le remords naît sourdement. L'eau du bassin est pleine de traîtrise. On ne comprend sa propre vie qu'après coup; et cela n'est pas agréable.

*

Allons! Il est trop tard pour gémir! Si Lucie est devenue adulte ce matin seulement, qu'y faire? Elle se lève et s'éloigne du bassin, reprenant son errance dans le jardin désert. Par instinct, parce qu'elle est triste, elle ne se dirige pas vers les parties hautes, d'où se présente, en toute beauté, la vue sur le mont Sûri, qu'elle aime tant. Elle descend, se tordant les pieds, vers le bas du jardin et la partie cachée, inculte, presque sauvage. Elle marche lentement, longeant le fourré plein de ronces et de branches mortes.

Il faudra nettoyer tout cela. Et cette pensée lui plaît, elle a toujours aimé débroussailler. Elle continuera : il est précieux de déboucher sur une action à faire, sur le lendemain, sur l'avenir.

Elle tire, de sa main nue, une branche morte, puis une liane. Henri lui aurait dit : « Ne fais donc pas cela sans gants ! » Car, s'il était agacé de ses puérilités, malgré tout il se souciait d'elle, gentiment. Et que de fois, en fait, elle s'était piquée à de vieilles ronces ! Il avait ôté les épines de ses doigts avec soin ; il se vantait même d'être devenu un expert en la matière. Et toujours il demandait : « Ton vaccin contre le tétanos est encore bon ? Tu as vérifié ? » C'était, là aussi, la traiter en enfant, mais avec quelle gentillesse ! Un homme agacé n'a pas cette douceur.

Par prudence, parce qu'il le lui aurait dit, elle renonce à travailler les mains nues et reprend le chemin de la maison. Mais c'est étrange : son désespoir a disparu. À la place, une petite chaleur couve en elle, faite de gratitude et d'humilité. Son père d'abord, Henri ensuite : tous deux ont été bons pour elle. Ils sont encore mêlés aux moindres moments de sa vie. Ils l'aident encore.

Elle ne l'a jamais si bien senti que ce matin.

« Je mettrai des gants épais, Henri », c'est promis, pense-t-elle.

*

En pénétrant dans la maison, où sa belle-fille n'est pas rentrée, Lucie s'arrête un instant, comme indécise. Sur la table de l'entrée, il y a un livre, un roman sans doute lu et relu, car la couverture est toute déchirée aux angles. C'est un de ces livres dont il était si difficile d'arracher Henri, et dans lesquels son fils s'absorbe à son tour, pendant des heures.

Parce qu'elle a tant pensé à Henri, elle prend le livre entre les mains, le palpe, le retourne. On dirait qu'il a quelque chose à lui révéler, elle ne sait trop quoi. À force de s'abandonner à de vaines émotions, à force de se perdre en questions et en remords, elle est arrivée à un état de réceptivité confuse, où il lui semble que les pensées se forment toutes seules dans son esprit. Elle croit percevoir un rapport entre ce livre usé et ses émotions d'aujourd'hui. Un rapport? Lequel? Elle ne sait pas et repose le livre.

Elle ne comprend pas — parce qu'elle lit peu — que tous ces livres justifient sa faiblesse plus que n'importe quoi. Car pourquoi écrivent-ils, ces auteurs? Si souvent, c'est leur façon à eux de dire, dans le vide, « Viens voir! » « Viens voir, lecteur, cette merveille que j'ai découverte ou ce mal que l'on m'a fait, ou ces rêves que je chéris; viens voir ma vie, viens voir la vie... » « Viens voir les acrobates... » L'invitation avait de l'écho. Henri, quand elle l'arrachait à sa lecture, était précisément envoûté par cet autre appel: il l'entendait et y répondait.

« Viens voir » : c'est le cri des bateleurs; mais c'est aussi le premier soupir dans le matin retrouvé, et le vrai secret de ce qui se dit et s'écrit.

En se croyant une fâcheuse exception, la bonne Lucie se donnait vraiment des remords pour rien.

LES FALAISES D'HENDAYE

Le changement total qui intervint dans la vie de Marguerite Vilardeau surprit tout le monde. Personnellement, je n'arrive pas à en comprendre les raisons. Pourtant, je suis sans doute le seul à avoir en main tous les éléments : j'ai assisté à l'épisode principal, j'ai parlé à divers témoins, j'ai reçu ses confidences. Et, malgré tout, je ne suis pas sûr d'avoir compris. J'en suis même terriblement agacé.

En un sens, il ne s'est rien passé : rien du tout.

Nous devions, ma femme et moi, retrouver Marguerite à Hendaye pour faire ensemble un court voyage en voiture sur la côte espagnole. Marguerite est arrivée par le train peu après le déjeuner. Elle m'a demandé, rêveuse, si ce serait possible d'aller revoir les falaises au nord d'Hendaye, car elle y allait souvent avec sa mère dans sa jeunesse, à partir de Saint-Jean-de-Luz, et avait été particulièrement attachée à cet endroit. Ma femme avait quelques courses à faire; j'ai accepté bien volontiers de conduire Marguerite jusque-là. Ces falaises sont bien connues. La route domine la mer de dix ou quinze mètres environ; et le sol plonge vers cette mer par d'immenses dalles de pierre foncée, très lisse, qui descendent à l'oblique jusqu'aux brisants. Ce sont des plans presque verticaux, juste coupés par une végétation grasse et verte, très courte, dont les racines ont réussi à se glisser entre les dalles. On se tient debout, en plein vent, avec ce grand horizon de mer ; et l'on peut percevoir à ses pieds le remue-ménage des vagues, avec le jaillissement blanc de l'écume et la transparence verte qui s'ouvre juste avant le déferlement.

À notre arrivée, j'ai rangé la voiture au bord de la route, et, sentant que Marguerite souhaitait retrouver là des souvenirs très anciens, je l'ai attendue, comme un simple chauffeur. Je l'ai laissée s'avancer seule vers le plus haut point d'observation et s'arrêter, face à la mer. J'imaginais l'adolescente grisée par tant de grandiose sauvagerie ; je me représentais ce qu'avait pu signifier ce spectacle, dans sa jeunesse si douce et protégée.

Marguerite est restée là, debout, un long moment. Je la voyais, le visage dressé, humant l'air du large. Mais elle semblait, même à distance, un peu déroutée. Elle s'est avancée de quelques pas ; elle regardait vers le bas : deux jeunes gens s'amusaient à essayer de descendre en s'accrochant aux touffes de plantes qui offraient prise le long des dalles sombres. Marguerite s'écarta encore un peu plus loin. Soudain, quatre motocyclistes s'approchèrent dans un grand bruit de moteur, puis arrêtèrent avec brusquerie leurs machines ; leurs voix s'élevèrent en exclamations bruyantes, et ils repartirent dans un fracas de moteurs poussés à fond. Ils m'ont un peu effrayé, car Marguerite n'est plus jeune : elle a passé largement la soixantaine. Mais elle ne sembla pas troublée ; elle retourna vers son premier poste d'observation et de longues minutes s'écoulèrent. Enfin, elle revint vers moi et parut comme étonnée de me voir. Sa bouche s'entrouvrit comme pour un « oh » de surprise ; cependant elle ne dit rien. Elle remonta en voiture, le regard au loin, l'air absent.

— Les motocyclistes étaient peut-être un peu de trop pour un pèlerinage aux souvenirs ? hasardai-je.

Elle me regarda, comme sortant d'un rêve :

— Non, non... Ce n'est pas cela...

Puis, se reprenant, elle me dit gentiment :

— Et pendant ce temps-là, mon pauvre Antoine, vous m'attendiez sagement, comme le faisait jadis ma mère. Elle ne descendait même pas de voiture, elle. Je la retrouvais, après un temps quelquefois long, tranquille et sans impatience. Il m'arrivait de rester une bonne demiheure ou trois quarts d'heure : cela ne semblait pas du tout l'ennuyer.

Je me suis étonné et ai demandé :

— Mais que cherchiez-vous donc en cet endroit ? Pourquoi l'aimiez-vous tant ?

— Je ne sais vraiment pas ce que j'y cherchais. J'ai toujours aimé être à la pointe, au bout, seule devant un grand paysage. J'ai toujours été me mettre à la proue des bateaux ou bien à la limite du paysage. Même à Saint-Jean-de-Luz, le matin, j'allais ainsi au vieux fort Sainte-Barbe m'asseoir en face de l'océan, toute seule. Cela ne me va pas, n'est-ce pas ? Et encore aujourd'hui je suis attirée par ces lieux : j'aime m'y recueillir ; et je ne sais pas ce que je leur demande. Ce n'est pas qu'ils m'inspirent de grandes pensées profondes. J'essaie de me souvenir de la joie intense que j'éprouvais, quand j'étais adolescente, à être ainsi coupée de tout face à l'infini. Je sais seulement que cela me paraissait un instant de beauté privilégiée, que je cherchais à tout fixer pour ne rien oublier : les couleurs, l'air, l'odeur même de la mer. Vous le savez, ces choses-là vous échappent très vite ; et peut-être essayais-je d'autant mieux de prendre possession de ces sensations que je les devinais plus fragiles. Mais, en somme, à quoi bon ? Vu de loin, après coup, cela paraît un peu bête...

Pour rompre le silence, je lui demandai :

— Et, pendant tout ce temps, votre mère vous attendait ? Elle ne s'ennuyait pas ?

Je me souviens du silence : Marguerite n'a rien répondu. Alors, j'ai insisté :

— Elle ne faisait rien ?

Et là, brusquement, Marguerite s'est tournée vers moi avec une sorte de violence :

— Oui, elle m'attendait. Elle ne faisait rien. Ou peut-être elle écrivait ; car vous vous rappelez qu'elle écrivait des romans et aimait noircir des pages, indéfiniment. Je ne sais pas si elle écrivait ni ce qu'elle écrivait : je ne me suis pas posé la question, je crois.

Puis elle se passa lentement la main sur le visage et ajouta :

— Quand je revenais vers la voiture, elle levait vers moi ses yeux clairs, des yeux tendres et tolérants, lumineux, où se lisait une disponibilité infinie et joyeuse. Et voulez-vous le savoir, Antoine ? Eh bien, je trouvais cela tout naturel.

Un peu plus tard, elle ajouta à voix basse :

— Finalement, je regardais du mauvais côté.

Ce fut tout ce qu'elle me dit ; et je crus la comprendre. Elle était revenue là après plus d'un demi-siècle ; et la mer était toujours la même, battant les mêmes falaises de son même mouvement inlassable et dépourvu de sens. La mer était vide, identique à elle-même, superbement indifférente ; mais la jeune femme qui attendait dans la voiture, la jeune femme dont on n'avait pas bien connu les pensées, que l'on aurait pu interroger, qui au cours des années avait changé, gardant son secret que l'on aurait pu connaître, cette jeune femme-là avait disparu, emportant à jamais son mystère, ses tendresses, ses ferveurs. Il fallait les connaître autrefois : à présent, il était trop tard. Je me suis dit que Marguerite, en contemplant ce paysage inchangé, avait dû percevoir ce contraste ; et le fait de me trouver, moi, qui l'attendais à la place de sa mère, avait dû préciser son malaise. Celui-ci ne venait pas d'une présence en trop, mais d'une présence en moins.

Cela, je pouvais le comprendre.

*

Mais il n'y avait rien là pour expliquer la surprise qui nous était réservée à ma femme et à moi. Après une soirée assez normale, où Marguerite fut parfois un peu absente, mais courtoise et même amicale, elle nous fit remettre le lendemain avant neuf heures un petit mot disant qu'un souci imprévu l'empêchait, à son immense regret, de faire avec nous le voyage prévu, qu'elle n'avait pas voulu nous réveiller, et qu'elle avait déjà quitté l'hôtel. Elle multipliait les formules de regret et d'affection, promettait des nouvelles, mais ne donnait pas la moindre explication.

Je passerai rapidement sur notre surprise et sur nos réactions. J'ai tenté de téléphoner à son gendre et à la jeune femme qui l'assistait dans la direction des chœurs Ravel : les soucis ne semblaient pas venir de là. Nous avons cherché à nous renseigner sur son départ et nous avons eu le numéro de téléphone du taxi, mais il ne répondait pas. Nous avons aussi téléphoné à la gare et à l'aéroport — en vain ! — et puis nous nous sommes dit qu'elle souhaitait être laissée en paix et qu'elle avait du reste les adresses des hôtels où nous serions les jours suivants. Nous sommes donc partis.

J'ai admis provisoirement qu'elle avait été secouée par les souvenirs du passé. Mais en même temps nous nous posions bien des questions sur sa vie — que finalement nous connaissions fort mal. Bien des hypothèses furent envisagées ; aucune n'avait la moindre vraisemblance.

*

À notre retour d'Espagne, nous n'avions toujours aucune nouvelle. Nous nous sommes alors
sentis autorisés à entreprendre des recherches.
Nous avons trouvé le taxi qui l'avait conduite à
Saint-Jean-de-Luz. Nous avons trouvé l'hôtel où
elle s'était fait déposer et l'adresse d'une vieille
femme dont elle avait, à plusieurs reprises, tenté
d'obtenir le numéro de téléphone par l'intermédiaire de l'hôtel. Nous sommes allés la voir ; et elle
nous a tout dit. Dans sa jeunesse, elle avait travaillé pour la mère de Marguerite, tapant à la
machine ses manuscrits et lui rendant divers
petits services ; et cela avait entraîné entre les deux
femmes de longs bavardages, dont Marguerite,
après tant et tant d'années de silence, s'était souvenue. Nous avons été accueillis par une très
vieille femme, les cheveux bien tirés, vêtue de
noir, mais se tenant droite et gardant toute la souplesse d'un être jeune. Dès qu'elle eut compris
notre inquiétude, elle nous parla avec la plus
grande confiance.

— Elle était venue me voir, m'expliqua-t-elle,
pour m'interroger sur sa mère.

Marguerite a toujours vécu proche de sa mère et
les deux femmes manifestement s'adoraient ; en
principe, elles connaissaient tout l'une de l'autre
et l'idée d'aller, après un demi-siècle, interroger
une vieille femme qui n'avait pu avoir avec la mère
de Marguerite que des rapports extrêmement dis-
tants et épisodiques, semblait incompréhensible.
Que pouvait-elle attendre ? Que croyait-elle ignorer ?

— Je vais vous dire, précisa la vieille femme
avec tranquillité, la pauvre petite, en retournant
aux falaises près d'Hendaye, avait reçu un choc.

« La pauvre petite » désignait évidemment notre
amie Marguerite : pour le témoin d'autrefois, elle

avait repris son âge d'alors, son âge d'adolescente.
La femme continua :

— Elle avait reçu un choc, parce qu'elle avait
soudain compris à quel point sa mère, encore si
jeune, lui avait sacrifié tout son temps. Elle s'est
demandé ce que celle-ci faisait dans la voiture,
pendant qu'elle-même se livrait à ses extases, et
elle a été horrifiée de constater qu'elle ne le savait
même pas. Elle ne savait pas ce que sa mère écrivait. Elle ne savait pas pourquoi sa mère avait tant
de loisir et paraissait accepter si aisément son rôle
de chauffeur muet. Elle ne savait pas si sa mère
s'était vraiment contentée de cette soumission à
une gamine ingrate ou si elle avait un intérêt, une
passion quelconque, une amitié pour la soutenir.
Elle se demandait si sa mère, pendant qu'elle-
même se prélassait sur les falaises ou dans les
vieux forts, avait au moins téléphoné à quelqu'un
ou bien attendait que le délai des vacances fût fini
pour retrouver quelqu'un. Elle ne s'était jamais
posé la question. Et, voyez-vous, elle en était
malade.

Ainsi ce n'était pas seulement le regret, c'était le
remords. J'eus moi-même le sentiment désagréable que j'avais pu en être cause en l'interrogeant sur ce que faisait sa mère dans la voiture ;
et je l'ai dit honnêtement. Mais la vieille Rosalie a
protesté :

— Avant, mon bon Monsieur, déjà avant ! Vous
savez, elle est venue trois jours de suite me voir :
elle est restée longtemps. Nous avons parlé avec
une grande intimité. Pour moi elle était encore la
gamine d'autrefois ; et elle s'imaginait que j'en
savais plus qu'elle. Elle m'a expliqué que tout de
suite, en regardant le large, l'autre jour, elle avait
senti un vide — comme un vide derrière elle qui
l'aurait tirée, bousculée et lui aurait donné
l'impression d'une faute grave à se reprocher.
Vous savez, comme quand on découvre qu'on a

laissé un enfant avec la porte de la maison ouverte ou bien le gaz allumé — enfin de ces catastrophes qui soudain jettent une lumière terrible sur ce que l'on a fait ou oublié de faire. C'est vrai qu'elle a été gâtée et choyée; mais les enfants se rendent-ils jamais compte? Inconscients et ingrats, ils le sont tous un peu, c'est ainsi. Mais elle, elle l'a compris tout d'un coup et elle en a été, alors, déchirée. Si vous l'aviez vue, Monsieur, elle me parlait du regard avec lequel sa mère l'accueillait quand elle revenait vers la voiture; et elle me disait que ce regard si clair et délicieux, où il n'y avait pas trace de reproche, devenait à présent pour elle un insupportable reproche. Elle le voyait sans cesse, il lui inspirait un désir désespéré d'avoir fait quelque chose de plus, de faire maintenant quelque chose de plus, qu'elle ne pouvait plus faire. Vous savez, le remords, cela peut être dur à supporter — surtout chez les adultes, et surtout quand les personnes ne sont plus là.

Et puis elle ajouta :

— Si vous l'aviez vue! Elle se tenait toute droite, les pommettes très rouges, regardant au loin : comme un enfant sur le point de sangloter.

J'objectai timidement que Marguerite avait été une très bonne fille, très dévouée à sa mère. Elle n'avait rien à se reprocher. Rosalie a levé les deux bras au ciel; j'entends encore ses mots :

— Ah! Il ne fallait point lui dire cela! J'ai bien essayé, moi aussi, mais elle a bondi; elle était vraiment fâchée. Elle me répétait : « Rosalie, voyons, je n'ai rien vu, rien compris, je ne me suis posé aucune question; je ne me suis pas émerveillée de sa gentillesse! Et maintenant, c'est fait, c'est irréparable. »

Ainsi c'était cela : tout alors devenait clair. Marguerite, taraudée par ce remords, avait dû vouloir combler à tout prix son indifférence passée, chercher partout quelqu'un qui avait alors connu sa mère ; et il lui était impossible de partir avec nous en une tranquille escapade : l'effort fourni dans le dîner du soir avait probablement épuisé ses forces. Je trouvais toutes ces réactions un peu exagérées et déraisonnables ; mais je pouvais faire l'effort de les comprendre. Toutefois, les choses avaient trop duré ; et je n'étais qu'à moitié satisfait. Hélène, ma femme, avait dû suivre un même mouvement de pensée. Elle n'était pas intervenue dans la conversation, qui me concernait plus directement ; mais tout à coup, elle lança :

— Mais à présent, Madame, après avoir parlé avec vous et avoir tiré de vous quelque réconfort, où est-elle ? Pourquoi a-t-elle disparu, sans donner de nouvelles ? Que peut-on craindre ?

La femme a légèrement haussé les épaules. Elle a déplacé quelques objets sur la table, machinalement, et elle a répondu, sans lever les yeux :

— Je ne sais que dire. Le dernier jour, j'avoue que j'ai eu un peu peur, quand elle a tout à coup prétendu que cela avait toujours été ainsi, qu'avec son mari aussi, elle avait été égoïste, qu'elle n'avait jamais vraiment aimé personne... Quand le chagrin s'étend comme cela à toute la vie, ce n'est pas bon. Mais que pouvais-je faire ? J'avais tout essayé. Je l'ai laissée partir ; mais je ne me doutais pas que personne n'avait de ses nouvelles. Vous ne croyez tout de même pas que... ?

Nous l'avons rassurée de notre mieux ; mais nous sommes repartis de chez elle plus soucieux qu'avant. Et, pour dire la vérité, nous ne comprenions pas encore très bien une réaction qui nous paraissait excessive et presque malsaine.

La route pour retourner à Hendaye nous fit passer à proximité des falaises. C'était le soir. La mer semblait lourde et plombée. Mais nous avons détourné les yeux ; et nous avons, avec une sorte de malaise, parlé d'autre chose.

*

Dans les semaines qui suivirent, Marguerite
envoya des télégrammes à ses enfants et à nous :
elle disait qu'il ne fallait pas s'inquiéter, mais elle
ne donnait toujours aucune adresse. Enfin, un
beau jour, elle rentra. Je dois dire qu'elle nous
téléphona très vite et offrit de nous rendre visite le
lendemain. Nous nous attendions à voir arriver
une personne défaite et abattue ; nous nous apprê-
tions à lui parler doucement et à lui remonter le
moral de notre mieux. Or, nous la vîmes arriver
fort élégante, bien coiffée, avec un sourire
détendu sur les lèvres. Nous guettions ardemment
des explications, que, de façon indiscutable, elle
nous devait. Mais elle fut très femme du monde,
se dérobant à chaque fois, comme si seul le récit
de notre voyage pouvait l'intéresser.

À la fin, j'en eus assez. Je lui dis que nous nous
étions inquiétés, que nous avions fait mille démarches pour retrouver sa trace, que nous avions eu
du souci pour elle et qu'il n'était pas très amical
d'arriver comme une dame en visite, sans faire
allusion à quoi que ce fût.

Elle a eu un sourire un peu confus et m'a mis la
main sur le bras comme on fait à un enfant que
l'on veut apaiser ; puis elle m'a dit, avec une
grande douceur :

— Oui, je vois, mon cher Antoine. J'ai mal agi
envers vous. Vous avez dû comprendre que je suis
passée par une crise morale assez profonde ; naturellement, je préfère n'en pas parler. Mais je vous
dois une explication. Alors voici ce que je vous
propose. Je vous raconterai tout par écrit, sans tricher en rien : je vous demanderai seulement,
quand vous aurez lu ma lettre, de la brûler. Et
puis, nous n'en parlerons plus.

La lettre arriva trois jours après. Elle avait une
bonne douzaine de pages. Marguerite avait écrit,
longuement, de son écriture penchée vers la
droite, régulière, à l'encre violette. Nous nous

sommes assis, ma femme et moi, l'un en face de
l'autre et j'ai commencé à lire ce document tout
haut. Comme nous l'avions promis, nous l'avons
ensuite brûlé. C'est pourquoi je ne puis ici que le
résumer ou citer quelques formules qui m'ont
frappé. Mais c'était une drôle de lettre, que je ne
suis pas près d'oublier.

Elle reprenait tout, depuis l'excursion aux
falaises. Sans trop insister, elle évoquait la force
avec laquelle s'étaient imposés le souvenir de sa
mère et la soudaine découverte du peu d'attention
qu'elle avait jadis porté à ce dévouement si
constant. Jusque-là, rien d'étonnant ; c'est ce que
nous avions fini par comprendre ; elle s'exprimait
d'ailleurs avec une sorte de pudeur, qui, après les
évocations de la bonne dame de Saint-Jean-de-
Luz, nous faisait agréablement retrouver le bon
sens. Mais ce n'était pas pour longtemps. Elle tentait en effet de décrire son remords. Et, là, rien ne
l'arrêtait. Elle parlait d'une déchirure. Elle
employait même des comparaisons que je n'ai pas
oubliées ; elle disait que c'était comme quand on
ouvre une amande verte, d'un coup de couteau, et
que d'une petite pression on fait claquer l'écorce :
tout s'ouvre et on découvre au fond la petite
amande blanche, vivante et luisante, jusque-là
cachée au jour et brusquement offerte aux yeux de
tous. « J'étais comme cela, écrivait-elle, enfin
ouverte, comme par un coup de couteau, et décou-
vrant tardivement ma propre vérité. » Elle expliquait que pendant cinquante ans elle avait vécu
auprès de sa mère, acceptant tout comme allant
de soi et ne se rendant pas compte qu'un être
humain lui avait donné, dans la joie, la totalité de
son temps et de ses pensées. Elle disait que l'on vit
d'un souci à l'autre, d'une occupation à l'autre,
sans rien voir ni percevoir, sans rien sentir ni
comprendre. « Et puis, pour moi, ce fut comme si
une lumière vive avait pénétré dans un grenier

obscur, et cette lumière était terriblement cruelle. »

J'aimerais me contenter de ce résumé; mais je ne me rappelle que trop : cette femme discrète et qui d'habitude avait les deux pieds bien posés sur la terre ajouta même : « J'ai été transpercée par le souvenir de son regard — le regard de l'amour. »

Voilà le style de Marguerite; cela choquait mes habitudes de courtoisie et de laïcité. « Le regard de l'amour », je vous demande un peu ! Mais enfin elle exprimait une douleur vive qui était bien celle que nous avions fini par dépister; et, jusque-là, cela pouvait aller — encore qu'il n'y eût aucune justification à son retour pimpant et élégant, ni à cette espèce d'aisance détendue qui se marquait dans toute son allure et semblait, curieusement, évoquer une grande paix intérieure.

Elle expliquait ensuite qu'elle avait voulu retrouver le souvenir de sa mère par des personnes qui l'avaient connue autrefois ou bien en revoyant certains lieux, en relisant certains livres, en se recueillant seule à seule avec ses souvenirs trop rares et imprécis. Cela n'avait pas atténué la douleur que lui inspirait son indifférence passée; mais cela avait développé en elle une ferveur et une reconnaissance qui peu à peu lui avaient dilaté le cœur. Elle s'était dit qu'il est beau d'être aimé, même quand on en est indigne. Elle s'était dit, aussi, que c'était un bonheur pour elle que d'avoir, fût-ce sur le tard et après tant d'années, compris l'existence de cet amour et appris à ressentir elle-même cette tardive gratitude.

Et elle trouvait encore une autre comparaison, notre amie d'habitude si sobre. Elle expliquait comment deux sentiments s'étaient entrelacés en elle : découvrir sa propre ingratitude avait été une vive douleur, mais découvrir après coup la parfaite ferveur de l'amour qui l'avait entourée était une source de bonheur. Or prendre conscience de l'un l'amenait à prendre conscience de l'autre : les deux sentiments s'associaient « comme en une torsade ». Ce qui était source de douleur était aussi source de joie ; ce qui était source de joie était aussi source de douleur. « Je ne sais pas si vous pouvez comprendre cela sans l'avoir vécu, mais il faut me croire », ajoutait-elle, consciente d'être un peu obscure. Elle disait aussi que par moments la conscience de son trop long égoïsme, bien qu'il la fît souffrir, ôtait toute importance à ce qu'elle était elle-même et à ce qu'elle faisait. Si bien qu'elle pouvait, avec une sorte d'indifférence joyeuse, prendre les choses comme elles venaient, sans se crisper sur son propre sort. Il avait fallu du temps pour arriver à dominer cette crise. Mais à présent, elle se sentait libérée. Elle ne voulait plus rien compliquer, elle acceptait les choses, les gens, sa propre faiblesse, et les merveilles du cœur humain. Elle concluait la lettre par ces mots : « Et vous, mes amis, je vous aime bien. »

J'avais lu la lettre tout haut, pour Hélène. Quand j'arrêtai la lecture, il y eut un silence. Puis je grommelai :

— Elle a un peu perdu la tête, et je déteste ce galimatias de conversion à quatre sous ; mais je pense qu'elle se reprendra. En ce qui me concerne, je ne comprends rien à cette salade.

Je n'avais pas levé les yeux sur Hélène. J'étais mécontent, comme quand on se sent à la porte. Et j'avais eu assez d'amitié envers Marguerite pour détester cette sentimentalité qui me paraissait hautement déraisonnable. Je murmurai :

— Encore une chance qu'elle n'y mêle pas Dieu ! Et tout cela parce que j'ai eu la sottise de l'emmener faire cet absurde pèlerinage aux falaises proches d'Hendaye. Quelle bêtise ! Rien ne serait arrivé...

Hélène, ma femme, n'avait rien dit. Elle se met peu en avant ; et elle est le plus souvent de mon avis. Mais elle jeta tranquillement :

— Ce serait arrivé à une autre occasion. Et peut-être est-ce bien que ce soit arrivé.

Je sursautai :

— Parce que toi, tu la comprends ?

Et je n'oublierai jamais la façon dont Hélène m'a regardé, a penché la tête et a dit avec la netteté d'un témoin qui aurait prêté serment :

— Oui, Antoine, je la comprends. Je la comprends très bien ; et je l'envie.

J'eus un instant de saisissement. Je fixai mon regard sur le visage d'Hélène. Ses yeux marron si confiants et si doux avaient un air de pitié patiente comme on peut en avoir pour un enfant qui n'arrive pas à saisir ce qu'on lui dit. Il me sembla tout à coup que je ne l'avais jamais vraiment vue, jamais comprise. Mais alors je me repris : « Non ! pas moi aussi ! Je ne vais pas pour un peu d'air respiré aux falaises d'Hendaye sombrer à mon tour dans les mêmes désordres ! »

Je détournai les yeux et je conclus seulement :

— Eh bien, pas moi !

Mais je puis bien le dire à présent. Cette scène est vieille de plusieurs mois ; la lettre a été brûlée ; Marguerite est toujours douce et disponible ; mais moi... Moi, je dois l'avouer : je ne suis pas à l'aise.

J'ai toujours été un homme solide et équilibré. Mais cette histoire, finalement, m'agace. Il en est comme d'un petit caillou dans un soulier : ce n'est pas grand-chose, mais cela gêne ; et cela augmente ; et on est obligé d'y penser presque tout le temps.

Écrire ce récit ne m'a pas rassuré, comme je l'avais espéré.

Le Ciel me préserve des falaises d'Hendaye !

LE GODELUREAU ET L'OLIVIER

Ils étaient partis très tôt, tous les trois. La maison était vide. Alice, assise toute seule sur sa terrasse, n'arrivait pas à se défaire du sentiment d'écrasement qui depuis lors l'oppressait.

Non ! Ce n'était pas qu'elle fût amoureuse de Charles, ou que son départ ce matin avec les autres eût pour elle une telle signification sentimentale. Certainement, tous les mois passés, elle s'était habituée à voir en lui un compagnon un peu plus jeune, empressé, l'écoutant apparemment avec plaisir ; et quand on approche de la cinquantaine, cela n'est pas désagréable. Jamais il n'avait été question entre eux de ce que l'on appelle une liaison. Mais elle s'était habituée à ces rapports. Il était toujours si courtois et bien élevé ! Une petite marque d'originalité : l'habitude de porter presque toujours des chemises Mao, à col rond, proche du cou, sans cravate. Cela mettait en valeur son visage assez fin, au regard toujours vif et vaguement inquiet. Sans doute voulait-il ainsi avoir l'air d'un intellectuel, lui qui s'occupait de comptabilité, et avoir l'air vaguement moderne, bien que la mode de ces chemises fût passée. En somme, il était un peu recherché, mais sans excès. De même, il portait un bracelet d'identité d'allure militaire ; et il avait expliqué à Alice qu'en effet c'était le bracelet de guerre de son grand-père et qu'il ne s'en séparait jamais : une fidélité si marquée aux traditions de famille semblait tout ensemble désuète et rassurante. Toujours est-il qu'Alice, veuve depuis plusieurs années, avait attaché du prix à cette compagnie inattendue. Ils étaient sortis ensemble, quatre ou cinq fois, peut-être un peu plus. Il lui avait envoyé des fleurs ; ils avaient eu de longues conversations à propos de livres ou de musique ; et toujours il avait semblé porter aux propos d'Alice une curiosité pleine d'intérêt ; c'est bien pourquoi elle avait risqué cette invitation pour quelques jours dans sa maison du Lubéron. Il y connaîtrait sa fille, son jardin, ses souvenirs... Déjà elle se voyait fort bien dans le rôle de la femme plus âgée, à qui son expérience donne de l'aisance et de la liberté, et qui a auprès d'elle un homme plus jeune, qui lui fait confiance et l'admire. C'était là une image figée, passe-partout, mais ne se règle-t-on pas toujours, ou presque, sur ces images banales, auxquelles on tente de ressembler ?

Charles avait semblé ravi de cette invitation.

Les deux premiers jours, il faut l'avouer, la vie dans la maison n'avait nullement ressemblé à cette image, a priori si satisfaisante. Alice n'en avait pas été déçue : il y avait alors sa fille âgée de vingt-deux ans et un camarade de sa fille qui sortait depuis longtemps avec elle ; tout cela était un peu bruyant et encombrant. Au début, Alice avait même été touchée en constatant que Charles se montrait très courtois avec ces jeunes, semblait s'intéresser à leurs goûts, à leurs excursions, à leurs projets. Cet intérêt lui avait semblé être une marque subtile d'égards pour elle-même. Et elle attendait ce dernier jour, où les jeunes seraient partis en excursion pour les gorges du Dourdon : ce serait sa journée à elle, telle qu'elle se l'était d'abord imaginée.

Mais là-dessus, ils semblaient tous s'être pris au jeu. L'excursion était devenue le sujet de toutes les conversations; et Charles avait montré tant de curiosité que le projet était né de l'associer à cette sortie.

À présent, sur sa terrasse, Alice tente de retrouver des souvenirs exacts, de se rendre compte si c'est lui qui a fait les premiers pas et s'est en quelque sorte fait inviter ou si, malgré lui, il s'est laissé entraîner et, ensuite, n'a pas su reculer. Mais c'est en vain : elle ne retrouve plus les mots; elle ne sait plus. D'ailleurs, qu'importe ?

Agacée, Alice saisit un jeu de cartes qui traîne sur la table, le manipule, le retourne : oui, vraiment, peu importe! Car, au moment décisif, quand il allait répondre et accepter la proposition, il s'est tourné vers elle et il a eu une phrase — la phrase la plus horrible qui soit.

Alice tournait une carte, une autre : un roi, un trois, un valet. Elle regarde le valet et le retourne brusquement, la face contre la table. Elle n'aime pas penser à cette phrase. Il a dit, doucereux : « Mais c'est que je ne voudrais pas vous laisser seule. »

Le petit voyou! Il n'avait pas songé à dire : « Mais c'est que je ne voudrais pas me priver d'un dernier jour ici. » Ou encore : « Mais c'est que je souhaitais rester avec votre mère, nous avons beaucoup de choses à nous dire », n'importe quelle banalité. Au lieu de cela il avait avoué, crûment, que, s'il était resté, ç'aurait été par égard pour Alice, que, par conséquent, il était venu par égard pour elle et par pure politesse : il n'était pas là pour son plaisir à lui. On ne pouvait imaginer de déclaration plus révélatrice.

Heureusement, elle avait assez l'habitude du monde pour répondre avec un faux enjouement et ne rien laisser paraître de l'affront qu'elle ressentait. Ces propos avaient sans doute contribué à donner du corps au projet, alors qu'il ne s'agissait encore que d'une vague hypothèse. Mais l'engrenage ne pouvait plus être arrêté.

Il était plus près d'elle comme âge que de ces deux jeunes. Il avait trente-huit ans, après tout. Il n'avait rien à faire dans cette expédition avec ces enfants qu'il connaissait à peine. Mais voilà, comme l'aiguille d'une boussole se tourne vers le nord, irrésistiblement, il s'était tourné vers la jeunesse. Il avait voulu être comme eux, être de leur âge. De même qu'elle s'était plu à une compagnie qui lui apportait quelques années de moins, de même, il avait, lui, foncé vers cette possibilité de soudain rajeunir. Elle aurait dû se méfier des chemises à col Mao. Elle aurait dû se méfier d'un homme de trente-huit ans.

Le plus gentil avait été l'ami de sa fille : il s'était tourné vers elle et avait dit : « Mais alors, pourquoi ne viendriez-vous pas vous aussi avec nous ? » Elle s'était récriée :

— Vous n'y pensez pas ! Ce serait bien trop dur : je ne pourrais pas...

Sans aucun doute, elle aurait très bien pu. Elle avait la force et la santé. Elle aurait pu faire des promenades bien plus dures. Elle le savait. Mais une sorte de convention veut que, passé un certain âge, en effet, on prétende ne plus être en état... C'est un mensonge détestable, mais auquel on est tenu, par courtoisie. Elle n'allait pas évidemment poursuivre Charles jusque dans les gorges du Dourdon et se ridiculiser à jamais à ses propres yeux ; mais pour ce qui était de l'excursion, elle en aurait été fort capable.

Encore maintenant, elle a le sentiment que son refus de les accompagner a vraiment été la marque de son passage de l'autre côté. Elle a laissé partir les autres, « les jeunes » ; et la voilà qui reste seule, dans sa maison vide, abandonnée.

L'expérience réveille, de façon vague, des souvenirs de petites blessures et de grands abandons. Quand elle était enfant, une fois, ses parents l'avaient laissée à l'hôtel alors qu'ils allaient voir un certain pont, dans une certaine ville, dont ils avaient dit grand bien jusque-là. L'avaient-ils oubliée ? Elle ne le sut jamais. Ils avaient dit qu'elle était trop jeune, que ce serait pour une autre fois. Mais maintenant on lui laissait entendre qu'elle était trop vieille, et il n'y aurait plus d'autre fois. Elle avait trop longtemps joué, combattu, prétendu : il faut se battre pour rester au nombre des jeunes. À présent, c'était bien fini.

Et voilà que lui revenait en mémoire l'histoire un peu ridicule de leur ami américain, Jerry : il leur avait raconté comment, lorsqu'il eut cinquante ans, sa famille avait organisé, au fond du Middle West où ils habitaient, une petite cérémonie au cours de laquelle on avait coupé un fil tendu en travers de la pièce, pour le faire passer depuis le côté des jeunes vers le côté des vieux — des plus de cinquante ans. Sur le moment, elle avait trouvé l'histoire fruste et déplaisante ; mais le symbole, s'il était brutal, ne manquait apparemment pas de vérité.

Elle tourna encore deux ou trois cartes, sans même les regarder. Le silence de la terrasse était accablant. Aucune fenêtre ne s'ouvrirait derrière elle, pour laisser passer une voix ensommeillée demandant : « Et alors, quelle heure est-il ? Qu'est-ce qu'on fait ? » Aucun cri d'enfant ne surgirait de l'autre côté pour annoncer quelque trouvaille dans le jardin.

Elle avait voulu jouer les femmes encore jeunes, brillantes et hospitalières : elle était une vieille femme, seule devant une maison désormais silencieuse. Et cela, pour combien de temps ? Et jusqu'à quel terme ? Tout se passait comme si cette déception lui avait retiré son avenir. Et tout cela pour un godelureau, pensa-t-elle, qu'elle connaissait à peine et qui n'avait jamais eu de vrai plaisir en sa compagnie.

Pour la dixième fois, Alice regarda l'heure. Le temps ne passait pas. La matinée ne passait pas. L'accablement ne passait pas. Si au moins quelqu'un avait téléphoné — n'importe qui — une voix amie : cela l'aurait aidée à se reprendre. Mais rien : le silence. Et elle savait que dans la maison elle n'avait rien fait, rien réparé du désordre de leur départ matinal, rien mis en place ; elle n'était même pas allée vérifier si le facteur était passé. Elle avait laissé tout, en vrac.

Honteuse! Elle rejeta soudain loin d'elle le paquet de cartes et rentra dans la maison. Elle alla se pelotonner sur son lit, se cachant le visage avec le drap, comme font les enfants, lorsqu'ils attendent en vain que quelqu'un vienne les consoler.

*

Le déjeuner hâtif qu'elle prit avec du fromage et une grappe de raisins, n'arrangea rien. Les deux longues heures de l'après-déjeuner, avec la chaleur encore collée au sol, n'arrangeaient rien non plus. Enfin, quand il fit plus frais, elle se décida à monter voir si le courrier était arrivé et, comme elle gravissait le terrain en pente qui menait jusqu'à la boîte aux lettres, elle aperçut un olivier, sur sa droite, qui était non seulement tout serré dans les mauvaises herbes, mais comme enlacé par un pied démesuré d'asparagus. Cette plante, qui au printemps se montre sous la forme de tendres pointes d'asperge, devient à l'automne une monstrueuse branche couverte de piquants qui enserre tout ce qui l'entoure, pour l'étouffer. Le spectacle la choqua ; et elle redescendit prendre dans la maison son sécateur et ses gants. Un vieil instinct lui interdisait de laisser un olivier envahi par l'asparagus. Mais quand elle s'approcha pour le couper, elle s'aperçut que le pied de l'arbre était encombré de bien d'autres plantes indésirables, serrées et menaçantes. Alors elle se décida, elle retourna chercher une couverture, une petite scie, bref, tout ce qu'il lui fallait pour nettoyer ce pied d'olivier.

C'était un horrible fouillis : aux trois pieds principaux de l'olivier s'étaient ajoutés quantité de surgeons partis de terre qu'il aurait fallu couper et que les herbes alentour avaient peu à peu desséchés. Il y avait de tout, du chiendent, des lianes, de ces herbes aux feuilles collantes que l'on rapporte partout sur ses vêtements. Il fallait enfoncer les mains pour saisir les racines, il fallait couper, dégager, libérer. Elle savait bien que ce n'est pas ainsi que l'on doit procéder. On doit « déchausser » les oliviers ; et cela, non pas en septembre, mais bien plus tôt. Seulement, le pouvait-elle ? Ce n'est pas un travail de femme, même jeune, que d'ouvrir la terre et de la retourner ; et puis il faut des instruments dont elle ne disposait pas. Alors, à genoux sur sa couverture, elle se mit à couper, à arracher, à dégager. Parfois, d'un geste énergique, elle enfonçait le sécateur fermé dans la terre pour faire si possible sauter les racines et remuer un peu le dessus de ce sol : elle pensait à la merveille de cette terre où pénétrerait la rosée du matin, et peut-être, bientôt, les premières pluies de septembre, l'eau s'infiltrerait, gagnerait les profondeurs, aiderait l'olivier à vivre.

Il y avait beaucoup à couper et elle coupa beaucoup. Bientôt s'amoncela un tas d'herbes de broussaille à brûler, presque aussi haut qu'elle. Elle portait des gants, mais elle les ôtait par moments pour vérifier si c'était un rejet d'olivier réclamant le sécateur ou bien de l'herbe que l'on pouvait arracher. Et ses mains étaient déjà pleines de griffures ; elle les regarda avec amitié : elle se rappelait le texte que son mari jadis lui avait lu, où Colette célèbre ses propres mains, petites mains toutes couvertes d'égratignures dues au jardinage et que son jeune ami regarde avec désolation en disant : « Oh ! Madame, vos mains ! » Elle aussi aurait des mains comme Colette, des mains de femme qui sait se colleter avec la terre.

Déjà un grand carré se trouvait nettoyé et la terre libérée. On la voyait, cette terre, non pas brune, mais rose et comme étonnée de se trouver soudain à l'air. Alors Alice se pencha en arrière, s'étendant un instant sur la couverture et regarda l'arbre, comme pour voir s'il était content.

C'est alors que la chose arriva.

Quoi ? Qu'arriva-t-il ? — À vrai dire, rien du tout. Simplement elle vit devant elle la beauté de l'arbre dont les feuilles brillaient dans la lumière et accro- chaient le soleil ; et elle en fut comme suffoquée. Jusque-là, elle n'avait rien regardé : elle travaillait et bataillait. Et plus tôt encore, elle n'avait rien regardé : elle ruminait sa déception. Tout à coup, vues d'en bas, toutes ces feuilles qui montaient et brillaient et se pressaient vers le ciel, s'imposèrent à elle par surprise. Il est impossible de dire la beauté du feuillage d'un olivier, quand un peu de vent fait bouger ses feuilles et qu'elles se détachent sur un ciel bleu. Celles-là se détachaient aussi sur le vert plus sombre des pins ; et elles en semblaient plus lumineuses — sèches, légères, vivantes. Et comment dire la couleur des feuilles de l'olivier ? Alice savait que les Grecs parlaient d'oliviers au feuillage glauque, mais le mot glauque suggère l'humidité, l'ombre ; peut-être les grands oliviers de la Grèce donnaient-ils cette impression ; mais là tout remuait comme du vif argent sous la caresse du vent. Parmi ces feuilles si nombreuses, les unes offraient leur côté ombre, tiquetant de taches sombres toute cette lumière et lui donnant sa profondeur, comme si elles alliaient la terre et l'air. Parce qu'Alice était passée par un moment de désarroi, comme par un temps mort, ou peut-être parce qu'elle avait travaillé avec tant d'acharnement à son humble nettoyage : la beauté de l'olivier dressé dans la lumière lui pénétra le cœur, comme si c'était le premier olivier qu'elle eût jamais vu.

C'était aussi absurde, en un sens, que sa douleur précédente. Mais, d'une certaine manière, cela compensait et constituait comme une réponse. Cette beauté frémissante et fugace qu'elle n'avait jamais si bien ressentie et qui disparaîtrait avec le soir, suggérait pourtant comme une promesse de permanence.

Pourquoi ? Peut-être un peu parce que l'olivier est un arbre renaissant indéfiniment de lui-même. Certes, celui dont elle venait de s'occuper était un pauvre arbre avec son histoire, ses maladies et ses difficultés. On voyait encore, au ras du sol, le gros tronc de l'ancien arbre qui était mort ; mais, tout autour, les jeunes arbres avaient surgi, revenant sur l'ancienne souche. Et elle, qu'avait-elle fait sinon retrancher ces pousses qui montaient obstinément de terre. Elle avait voulu ménager les plus grands. Mais les plus grands n'étaient que les enfants du plus grand et sans doute ainsi de suite. L'olivier était symbole de durée.

Il était symbole de durée aussi parce que, elle le savait — et Jean le lui avait souvent répété —, c'était l'arbre dont se glorifiaient déjà les anciens Grecs. Et les poètes d'il y a des siècles s'émerveillaient déjà de la beauté qu'Alice venait tout juste de découvrir.

Mais aussi c'était son arbre. Son arbre qui faisait partie de la chère maison familiale, son arbre qu'elle avait connu du temps de son mari, du temps où sa fille était une enfant ; son arbre qu'elle venait d'aider à vivre en luttant pour le débarrasser de toutes les plantes parasites qui lui nuisaient. Et, vaguement, elle se souvenait que ce n'était pas la première fois qu'elle menait cette lutte inégale pour protéger ses arbres, pour son jardin. Déjà avec Jean ils l'avaient fait — quand cela? Elle ne savait plus : après quelque gel, quelque incendie; les souvenirs s'étaient enfuis, mais donnaient à son sentiment d'aujourd'hui une sorte de stabilité accrue. En libérant si peu que ce fût des racines de l'arbre, elle avait comme retrouvé ses propres racines et son équilibre. Elle ne comprenait plus très bien le désespoir d'enfant qui l'avait accablée tout le matin : tout était, en somme, si simple. Elle remit ses gants et décida de faire tout le tour de l'arbre, libérant un bon mètre autour de chacune des grandes tiges. La beauté du feuillage dans la lumière serait au-dessus d'elle; elle la sentirait présente; mais elle ne la regarderait plus. Enfonçant ses mains dans l'épaisseur des branchettes, au risque de tomber sur une mauvaise araignée ou quelque nid de guêpes, elle continua obstinément, heureuse, jusqu'à dix-huit heures. Alors elle se releva, ramassa tout son matériel, eut un dernier regard pour l'arbre : la lumière avait changé, mais sur toutes ces feuilles innombrables il y en avait toujours qui accrochaient de la même façon, en plus doré peut-être, les derniers éclats du soleil. Alice sourit et prit le chemin du retour.

Comme elle approchait de la maison, elle entendit sonner le téléphone. Elle pensa d'abord qu'elle ne répondrait pas. Elle était apaisée; elle n'avait besoin de personne; elle sentait en elle comme une sorte de trésor où se mêlaient la fatigue, le contentement de soi, et une vague impression de plénitude. Puis elle pensa que cela pouvait être sa fille, en difficulté; et elle alla répondre. C'était une amie qui lui offrait de venir la voir — juste ce qu'elle aurait désespérément souhaité ce matin. Elle refusa, alléguant la nécessité d'un travail à finir. L'amie insista, s'inquiéta de la savoir seule :

— Et tu as bien déjeuné, au moins ?

— J'ai très bien déjeuné, merci.

La réponse était venue, naturelle ; Alice ne se rendit même pas compte qu'elle mentait : elle avait oublié.

Puis, le téléphone une fois raccroché, elle mesura le contraste entre le matin et le soir. Le matin, elle avait pris conscience des dommages irréparables de l'âge ; et elle n'en avait rien oublié ; mais cette découverte se doublait maintenant du sentiment qu'il était possible de l'accepter, qu'il était même donné, une fois qu'on l'acceptait, de retrouver toute une vie simple et vraie, trop souvent cachée par les petits émois des attentes et des craintes quotidiennes. Vieillir était dur à supporter ; mais vieillir était aussi un enrichissement immense et une force. Être seule n'était pas gai ; mais être seule était aussi sentir monter en soi les ressources, la disponibilité, l'équilibre que ne possédait pas la jeunesse.

Elle rentra dans la maison, mit de l'ordre, se prépara à dîner, parcourut les chambres. Celles-ci n'étaient plus vides, car la présence du passé lui faisait signe de toute part. C'était sa maison, sa maison de toujours. Elle sortirait pour dîner sur la terrasse. Elle verrait le soir tomber sur son jardin. Elle verrait se lever brillante la lune — seule aussi. Et elle serait profondément en paix. La solitude l'avait rendue à elle-même.

Comme elle redescendait vers la terrasse, cette notion de solitude traversa son esprit, ramenant à la conscience un souvenir lointain et imprécis. Il y avait un superbe chant de Purcell, croyait-elle, qui s'appelait « Ô solitude » ; et elle se rappelait avoir entendu une conversation — mais avec qui ? et quand ? et où ? — où l'on avait discuté sur la double valeur de ce chant. Les paroles disaient la merveille et la splendide richesse que seule donne la solitude ; et la mélodie suivait avec des hauts et des bas raffinés, subtils, tandis qu'une voix irréelle de contre-ténor ajoutait encore à l'étrangeté de la révélation. Mais certains avaient fait remarquer que, malgré ce message inscrit dans les mots et dans la musique, il se dégageait pourtant de l'ensemble une note de mélancolie intense, ou peut-être de nostalgie. Eh bien! C'était cela. On pouvait être à la fois émerveillé et nostalgique. Comme l'olivier qui vous offre en contraste cette petite feuille sombre ou lumineuse, comme le fruit qui arrive à sa splendeur, à sa maturité au moment où sa fin approche, de même elle découvrait que tout est donné ensemble, en une sorte de qui perd gagne, où tout se rejoint.

Sur la terrasse, elle se versa un verre de vin rouge du pays, prit quelques olives et soudain elle sourit en imaginant les piètres excuses que sans doute lui offrirait Charles quand il la reverrait — quelque chose comme : « J'ai eu l'impression que vous préfériez être seule. » Vaines excuses du godelureau! Pourtant il avait raison : finalement elle préférait être seule; elle n'avait même jamais encore compris à quel point elle préférait être seule.

Et son sourire s'accentua : elle se rappela que dans sa rancune elle l'avait intérieurement traité de godelureau. Or, elle ne savait pas ce qu'est un godelureau. C'était un drôle de mot, hérité sans doute de sa grand-mère ou de sa grand-tante. Et il lui parut amusant de penser que, même au moment de sa plus âpre rancune, elle n'avait rien trouvé de mieux que d'emprunter un mot démodé et d'imiter gauchement des manières qui, en fait, n'étaient pas même les siennes.

VIOLETTES SUR UN GUÉRIDON

Je suis lasse et exaspérée de toujours devoir, dans mes notes écologistes, simplifier et élaguer, au point de ramener chaque idée à une armature en fil de fer. En fait, je sais mieux que personne combien les choses sont merveilleusement complexes. Quand j'ai, parfois, la tentation de l'oublier, je pense aux violettes de Francis.

C'était il y a quelques semaines. Francis m'a envoyé, sans raison, un gros bouquet de violettes, accompagné d'un petit carton, sans nom, où il avait écrit : « Deux sous de violettes... » J'ai défait le papier, respiré le parfum familier et, avec une caresse, j'ai placé le bouquet dans mon vase de cristal, sur le guéridon du salon. Rien de très saisissant à cela, n'est-ce pas ? J'ai plus de soixante ans ; Francis est un vieil ami, qui travaille avec moi au groupe écologiste. Il a des attentions, ce que j'apprécie fort : ce n'était rien de plus.

Or voici qu'en plaçant ces fleurs sur le guéridon, j'ai senti monter en moi un contentement ébloui, comme s'il s'était produit un petit miracle.

Étonnée d'une telle réaction, je suis restée à regarder ces fleurs. Les pétales sombres étaient doux ; on avait envie de les toucher ; ils étaient frais comme l'herbe du matin... Mais leur fraîcheur ne pouvait expliquer ce surgissement imprévu de bonheur.

Ce n'était pas non plus l'attention en elle-même. Et pourtant... ah oui! je l'avoue : j'aime les attentions. Celles de Francis m'étonnent toujours. Je sais bien que j'ai passé l'âge des attentions intéressées. Et je ne vois pas ce que cet homme généreux pourrait bien trouver en moi qui justifie son affection. Je suis si sérieuse, si précise, si bourgeoise... Alors, chaque fois, c'est une petite surprise de me voir gâtée par lui. Mais de là à cette émotion imprévue, il y a de la marge...

Était-ce parce que les violettes sont des fleurs un peu démodées, liées à des traditions sentimentales d'il y a plusieurs lustres? Le carton de Francis suggérait ces traditions. L'absence de tout nom d'expéditeur supposait une agréable intimité; et « deux sous de violettes » faisait allusion, gentiment, à une mode ancienne, oubliée depuis des années.

« Deux sous de violettes » avait été le titre d'une chanson, ou même d'une opérette. J'entendais encore ces mots, lancés jadis à pleine voix dans quelque salle sombre, bien connue des amateurs. Et voici qu'un souvenir, pour moi, s'attachait aux mots, et remontait de très loin. L'émotion devant mon bouquet était donc venue, en fait, de la carte. C'est elle qui avait ouvert la porte à une image encore cachée, comme un bruit de pas qui va révéler une présence.

Une demi-heure plus tard, je savais. Une demi-heure plus tard, j'avais reconnu le pas et identifié le souvenir. C'était celui d'une salle de music-hall assez petite, il y a très longtemps. J'étais avec Alain, Alain Giraudot. J'étais toute jeune, timide, ravie de cette sortie. J'étais assise à sa gauche, sur le côté.

C'est étrange, mais ce qui me revient, dans les souvenirs, est d'abord l'orientation, les places rela-

tives, le côté vers lequel me tourner. Je sais que
c'était une salle de spectacle, avec des rangées de
fauteuils, et non pas des tables pour des groupes
de consommateurs. Je retrouve vaguement
l'impression de la salle obscure. Est-ce que j'imagine qu'elle était enfumée? À vrai dire, le choix de
ce spectacle était si inhabituel pour moi que
j'avais un peu l'impression, qui m'enchantait, de
jouer à la dame qui va dans les spectacles de varié-
tés. Peut-être suis-je en train d'emprunter cette
fumée à quelque toile de peintre représentant le
public des boîtes d'alors. Je ne sais plus.

Mais je sais — oh! je sais très bien — que quelque chose s'est passé. Alain était donc à ma droite.
Et voici qu'à un moment, tout doucement, il a
effleuré ma main, entre les deux sièges. Il l'a lon-
gée du poignet au bout des doigts, depuis le haut
du poignet jusqu'à l'extrémité du médius, en un
contact si léger que le trouble en était presque
intolérable. J'étais jeune. Je ne connaissais pas
l'amour. Mais j'ai rarement éprouvé plus tard une
si vive impression. Les deux médius se déta-
chèrent comme avec peine l'un de l'autre. J'avais
le souffle court, le corps mou. Je ne l'ai pas
regardé. Il y a eu un petit gémissement — de lui,
ou peut-être de moi. Et il a bougé soudain. Et
c'était fini.

C'était fini; et ce fut tout.

De toute évidence, quand j'étais là debout
devant les fleurs de Francis, je ne me suis pas rappelé, comme je me les rappelle maintenant, ni
cette occasion, ni cette salle, ni la stupéfiante
expérience de cet affleurement si chaste. Je sentais quelque chose — un prolongement, un appel,
un fourmillement de la mémoire, une émotion à
l'intérieur d'une autre. Le souvenir ancien n'était
pas présent, mais je le savais là, comme ces car-
tons que l'on gratte avec l'ongle pour faire apparaître un chiffre : on sait que le chiffre va surgir;

et on l'attend avec l'espoir de gagner un lot. De même devant mes violettes : j'avais été trop touchée, trop contente ; manifestement, j'avais salué en elles — à cause d'une brève citation sur une carte — deux affections au lieu d'une.

Tout communique. Un bouquet que je regarde n'a pas la rigueur clairement délimitée d'un bouquet photographié. Du moins pas toujours. Parfois, une sensation ou une émotion nous arrête, prend une force et un sens, parce que, sur les bords, toute une série d'ondes et de reflets surgissent. J'ai acheté l'autre jour, pour mon petit-fils, un modeste instrument fait de deux morceaux de verre combinés : quand on y met l'œil, et que l'on regarde un objet quelconque, de couleur vive si possible, toute une couronne se forme autour de lui, faite de son image multipliée, un peu déformée, foisonnante et multicolore. Au milieu, tout seul, il y a l'objet : bouquet de violettes sur un guéridon ; et, tout autour, les images innombrables du bouquet, comme autant d'échos de toutes sortes, venus d'hier ou d'autrefois, d'un mot ou d'une chanson, voire des vibrations secrètes d'une sensualité entr'aperçue.

Et cette couronne vivante renforçait le plaisir du présent. Je venais d'avoir en cadeau la gentillesse de Francis — cher Francis ! Et j'avais eu auparavant cet avant-goût du désir, qui était un autre cadeau à ma jeunesse ignorante. Certainement ces deux plaisirs se rejoignaient, confluaient. D'où ce grand bruit d'eaux se pressant sous un pont, comme s'il m'était arrivé un bonheur d'importance.

À l'origine, cela n'avait été qu'une rencontre de mots. Le passé avait surgi, avait gonflé. J'en avais senti le choc imprévu. Puis il s'était frayé un chemin, obstinément. Et il s'était mêlé à l'instant présent, fondu avec lui.

Peut-être même était-ce cela qui m'avait donné,

très vite, cette étrange joie. Ce n'était ni les violettes en elles-mêmes, ni la simple idée d'une
caresse inachevée et comme annulée par la vie :
c'était l'émerveillement de voir que, par-delà les
années, passé et présent, désir et amitié, jeunesse
et âge mûr ne fassent plus qu'un.

Mais quoi ? une caresse ? plus de trente ans
après ? Pourquoi en aurais-je été si touchée ?
J'avais vécu, depuis lors.

Seulement voilà : il y avait dans mon souvenir
d'Alain un peu plus que le profil de mon voisin du
music-hall. Ou plutôt ce profil était pour moi
affecté d'un signe qu'il avait acquis par la suite,
comme une notation de symbole algébrique. Et ce
symbole affectait l'idée même d'Alain d'un certain
romantisme.

Je ne l'ai compris qu'après coup, mais, certainement, le souvenir d'Alain au music-hall, où l'on
chantait l'air des violettes, en avait été modifié et
enrichi.

De fait, tout cela sonne très sentimental —
chaste, et tendre, et démodé — comme si les gens
de ma génération en étaient restés toute leur vie à
Paul et Virginie. Je ne crois pas être conforme à ce
modèle : il faut donc que j'explique cette étiquette,
qui, dans mon esprit, n'a rien de fade ni de mièvre.
Elle est née, je crois, d'une image.

À vrai dire, mes rapports avec Alain ont, à l'époque, tourné court. Après cette espèce de flirt, dans
la salle où l'on chantait la chanson des violettes,
nous nous sommes un peu vus ; puis il a disparu.
Je me suis mariée. Claude, mon mari, est un
homme stable et sûr. Il a le sens de l'humour.
Nous avons eu deux enfants. Mais nous étions à
peine mariés qu'Alain a resurgi, amer et amoureux, désespéré, entreprenant... Nous avons eu des
discussions et des querelles. La dernière fut au
bois de Boulogne.

Je n'aurais peut-être pas dû le voir, ni le rencontrer. Mais, de même que sa petite caresse timide m'avait troublée dans mon âge tendre, son insistance absurde me touchait, tout en me lassant. Je l'écoutais parce qu'il souffrait et qu'il était déraisonnable. Et aujourd'hui que tout cela est loin, je ne garde qu'un sentiment vif de notre dernière rencontre : je revois, au bois, ses cheveux fouettés par le vent.

Il était indiscret et craintif, tel un animal qui pourrait, dans l'instant, vous mordre ou bien s'enfuir. Je savais que je n'accepterais rien de ses folles propositions. Mais j'en éprouvais un regret presque poignant — pour lui plus que pour moi. Car, depuis le début, j'avais toujours été douée d'une sorte de réceptivité à ce qu'il éprouvait. Cette réceptivité était une forme d'amour, mais non l'amour qu'il souhaitait. Mon regard a enveloppé le visage d'Alain : je cherchais à le voir avec plus de recul. Et je n'ai plus vu que ses cheveux. Brossés par le vent, ébouriffés, ils devenaient vivants — vivants et « romantiques ». Par moments, le vent les rabattait sur le côté et ils se retournaient comme s'ils réagissaient à des gifles — aux gifles de la vie.

Ses cheveux dans le vent, sa demande vouée à l'échec, ses départs et ses retours, tout cela se confondait en une image romantique. Celui que je refusais était Chateaubriand. C'était sans doute un souvenir littéraire : je me rappelais un portrait de Chateaubriand nu-tête dans le vent. Ce jeune idiot en train de m'offrir l'adultère était sauvé à mes yeux par le souvenir de Chateaubriand. Je le trouvais éloquent, différent. J'imaginais qu'il parlait bien, parce qu'en un bref instant je l'avais identifié avec un écrivain célèbre : que de confusions ! Mais je l'ai quand même renvoyé, cheveux au vent, profil de médaille, aux orages non désirés d'une vie qui l'emporterait loin de moi. Nous nous sommes seulement étreints dans le froid, à travers nos manteaux et nos gants, comme des amis qu'en effet l'orage allait pour toujours séparer. Mon Chateaubriand d'alors vit aujourd'hui en Côte d'Ivoire — bon gros marchand, père de famille.

Mais il avait été mon poète ; et je suis bien sûre qu'il en passait quelque chose dans l'émotion avec laquelle je contemplais et arrangeais le vase, sur le guéridon. Avoir connu un peu de romantisme est un sentiment précieux, quand on est grand-mère. En retrouver, même de très loin, la trace vous émeut et vous attendrit. On a beau être sage et solide, cela reste un secret qui compense toutes les sagesses. Alors, si les violettes m'ont rappelé fût-ce un instant l'ami timide et chaste du music-hall, comment ne pas admettre que ce souvenir marginal en ait tiré avec lui un autre, plus marginal encore, celui de l'amoureux dressé, cheveux au vent, en travers de ma vie ? Le souvenir est remonté ensuite, profitant de cette petite fenêtre entrouverte : il fallait bien que quelque chose l'eût appelé.

Trop souvent, on vit à la va-vite : on ne perçoit pas ces appels. Pourtant ils existent.

Violettes, symbole accidentel d'une révélation fugitive, à laquelle s'attachent les douceurs et les brusqueries de l'amour, oui, tout cela surgissait sans que j'en mesure la présence, comme des belles de nuit qui s'ouvrent le soir et n'existent plus au matin.

Tout cela tournoyait autour de moi, dans le lieu secret des choses non dites, et ces divers souvenirs télescopés dessinaient la forme de mon sourire et l'arrondi du geste avec lequel j'effleurais — autre caresse — les feuilles vertes de mes violettes.

Mais, si je dois tout dire, je voudrais préciser aussi que ce geste fut suivi d'un autre, par lequel ma main, après avoir touché les feuilles, passa tendrement sur la surface du guéridon.

Le guéridon est Empire ; il vient de ma belle-famille; il est en acajou foncé, lustré, poli. Mon geste était un peu celui de la femme d'intérieur, qui vérifie avec fierté l'absence de poussière. Non, il n'y avait pas de poussière, et je le savais bien : avant que je l'aie compris et sans que je le sache, ce geste disait la fierté qu'il n'y eût pas de poussière non plus sur la douce surface de ma vie. Je n'avais pas bêtement cédé à mon Chateaubriand aux cheveux fous. Je n'avais pas laissé mon cœur vibrer à la rengaine des violettes et au charme d'attouchements virginaux et perfides. J'étais rentrée du bois de Boulogne pour tenir ma place, élever mes enfants, défendre mes idées. Tout avait été net, luisant comme l'acajou.

On peut faire de sa vie une sorte d'œuvre d'art. Le vase de cristal, sur le guéridon, était à sa place, de la bonne taille ; et un mince napperon protégeait le guéridon, sans trop dépasser.

Ah! qu'il est doux d'avoir connu la tentation! Qu'il est doux d'y avoir échappé! Qu'il est doux d'en avoir passé l'âge!

Je me disais sans doute sur le moment : « Ce vase fait bien sur ce guéridon », et rien de plus. Mais je ne l'aurais pas regardé ainsi si je n'avais pas connu ces deux joies complémentaires, finalement fondues en une seule.

De fait, je me sentais légère, légère. Je fus reconnaissante à Francis tout en sachant qu'il n'avait été que l'agent indirect de cette brève abolition du temps. Et soudain, par un transfert imprévu, j'eus du remords envers lui, en sentant que j'avais associé d'autres souvenirs et d'autres hommages à son geste d'amitié. Je me précipitai sur le téléphone, avec une ardeur plus fervente qu'il n'était nécessaire. J'étais la femme coupable qui veut se faire pardonner. J'avais su ne pas tromper mon mari avec Alain — mais, l'espace d'une seconde, au sein même de la joie avec laquelle j'avais placé ses fleurs sur le guéridon, j'avais, sans vraiment m'en rendre compte, trompé Francis avec toute une vie de souvenirs allant du bleu pâle au pourpre.

Tout cela à cause de sa carte — sa carte charmante avec l'allusion aux succès musicaux d'antan.

*

Le soir, quand mon mari rentra, je lui montrai cette carte ; et je lui demandai : « Tu te rappelles cet air ? » Il parut surpris : « Quel air ? » — « Mais... "Deux sous de violettes" » ! Il ne connaissait pas l'air. Pourtant, avant notre mariage, il sortait beaucoup. J'insistai. Il nia. Il pensait qu'il n'y avait jamais eu ni chanson ni opérette. Francis avait seulement imité le style d'une époque révolue. J'avais inventé l'existence de la chanson.

C'est possible. Je ne chercherai pas à vérifier. Il me plaît assez que ces beaux enchaînements que j'avais pris plaisir à mettre au jour, aient pu finalement exister grâce à un pur mensonge de ma mémoire. En somme, tout m'était revenu par le lien de quelques mots, qui n'avaient peut être rien à faire là. Mais qu'importe ? Pouvoir tout unir par-delà les écarts du temps et les différences de situation, n'est-ce pas un avant-goût d'éternité ? Cela surprend un peu : nous n'avons pas l'habitude.

Alors, bon ! J'écrirai des textes clairs et simples. Mais parfois je regarderai le guéridon, où les violettes ne seront plus ; et je regretterai de devoir être si claire et si simple.

OREL ET CATANE

Marianne était assise avec sa petite fille Élodie devant un tiroir ouvert, contenant pêle-mêle un bon nombre de bijoux de fantaisie. Élodie devait aller à une soirée dansante. Elle n'avait que seize ans à peine, mais elle avait choisi elle-même sa robe de soie grise, ajustée jusqu'à la taille, puis s'évasant en larges godets ; seulement, elle s'était aperçue après coup qu'il manquait une note de couleur ; d'où son appel à sa grand-mère. Marianne se réjouissait de trouver chez cette enfant un goût de la coquetterie devenu bien rare chez les jeunes. De même, elle aimait lui donner son prénom désuet d'Élodie, prénom que des amis avaient vite changé en « Mélodie », puis en « Mélo ». Elles cherchaient donc toutes deux, gentiment complices, quelque chose qui pût relever le gris de la nouvelle robe. Soudain, la jeune fille s'écria :

— Oh ! Regarde ! Et cela ? Comme c'est joli !

Elle désignait deux petites boucles d'oreilles en métal ciselé, un peu abîmées, mais recouvertes d'une matière d'un bleu lumineux, qui faisaient penser à des ailes de papillon. Elles étaient toutes légères, visiblement sans valeur, mais jeunes et gaies. Marianne les dégagea du tiroir et les rangea côte à côte, au creux de sa main :

— Ce ne sont pas des bijoux comme les autres, dit-elle. Ce sont Orel et Catane...

Le frais visage eut l'air surpris :

— Que veux-tu dire, Granny ? Catane, je le sais, est une ville en Sicile...

Marianne sourit à cette fierté et continua :

— Quant à Orel, c'est une ville de Russie. Tu comprends, c'était la guerre. Nous vivions, Henri et moi, exilés ; car tu sais sûrement que nous tombions tous les deux sous le coup du statut des juifs. Et nous attendions les nouvelles, tous les jours, avec anxiété. Or, ce jour-là, nous avons appris une double victoire, remportée par les alliés, aux deux bouts de l'Europe ; et c'était comme si une grande pince commençait à se refermer, comme si un espoir de victoire commençait à surgir depuis des points aussi éloignés l'un de l'autre. Victoire à Orel, victoire à Catane. Comment ne pas espérer pour bientôt une victoire ici, en France ? Et Henri, ce jour-là, m'a offert ces deux petits bijoux pour célébrer cette double victoire. Tu comprends ce que cela signifiait ?

Élodie ne pouvait pas comprendre. Henri avait été le premier mari de sa grand-mère et elle ne savait pas grand-chose de cette époque. Elle ne savait pas vraiment ce qu'était la guerre, ce qu'était le statut des juifs, ce qu'était la crainte du lendemain. Elle ne pouvait pas se représenter de telles circonstances pour des êtres comme sa grand-mère. Quand ses aînés évoquaient cette période, elle avait tendance, comme tous ceux de sa génération, à se dérober, avec une sorte d'ennui, fuyant par là ces images d'un monde à jamais étranger. C'était d'ailleurs bien mieux ainsi. Elle ne retint donc que le côté joyeux de l'affaire :

— Alors, comme cela, il t'offrait des bijoux pour célébrer les événements heureux ? Je trouve que c'était drôlement gentil ! Il le faisait souvent ?

— Oh, non! Il faisait très peu de cadeaux, le pauvre! Mais il y avait là une occasion exceptionnelle. Et puis il faut dire qu'il a dû aller les chercher à bicyclette assez loin. À cette époque, nous habitions un petit hôtel aux environs de Chambéry; et il fallait aller en ville pour trouver un objet un peu élégant : l'hôtel était dans un tout petit village.

— Mais que faisiez-vous donc, dans ce petit village?

— Nous ne faisions rien : nous attendions. Tous les jours, toutes les nuits, sans arrêt, nous attendions. Nous attendions dans l'anxiété ou dans l'espoir ou dans la crainte, mais toujours nous attendions. Nous ne faisions rien d'autre. Nous avions naturellement des faux papiers; Henri avait même un faux certificat médical et même une fausse radio des poumons pour qu'il pût prétendre être malade et justifier ainsi son oisiveté.

Élodie semblait déroutée :

— Mais qu'est-ce que vous faisiez toute la journée? C'était comme une vie de vacances...

— Des vacances forcées, si tu veux, des vacances interminables, épuisantes. Alors tu penses : deux bonnes nouvelles dans une seule journée...

— C'était une fête, murmura Élodie.

Il y eut un bref silence; et Marianne répondit :

— Oui, c'est vrai : une grande fête.

Elle sentait combien les mots étaient trompeurs. Car ce n'avait pas été une fête au sens où l'entendait Élodie, pour qui le mot impliquait sans doute une gaieté légère et facile; elle ne soupçonnait pas le gonflement de joie et d'espérance qui avait marqué ce jour d'exil; et ne soupçonnait pas non plus la force que donnait à cette espérance la lourde chape d'appréhension à travers laquelle la lumière perçait enfin. Elle ne savait pas que toute espérance se mesure à l'anxiété au sein de laquelle elle surgit. Elle ignorait que les choses se combinent, s'entrelacent, et que les extrêmes se rejoignent, chacun prêtant à l'autre de son intensité. Comment aurait-elle pu le savoir? Marianne pensa : « Elle est trop jeune. » Voulait-elle dire par là qu'Élodie était trop jeune pour avoir connu la guerre? Sans doute, mais cette évidence n'était pas tout. Elle avait aussi le sentiment vague qu'Élodie était trop jeune pour pouvoir mesurer cette complexité des sentiments et cette richesse qui est la leur. Marianne eut un regard vers les yeux bruns si doux et si naïfs : on ne comprend pas ces choses quand on a un tel regard, une telle fraîcheur. Et tout à coup quelque chose vacilla en elle. Elle se dit qu'au temps de la guerre, elle devait encore avoir, elle aussi, ce même regard, cette même innocence. Il lui sembla mieux comprendre à présent ce qu'elle avait vécu alors.

Élodie, cependant, insistait :

— Alors, à cause de cette nouvelle, il est parti, comme cela, t'acheter un cadeau?

Cela sonnait comme un conte bleu. Marianne répondit seulement :

— Oui, cela s'est passé ainsi...

Mais elle savait au fond d'elle-même, ou plutôt elle découvrait de façon encore imprécise, que cela ne s'était pas passé ainsi.

*

En fait, Marianne ne savait pas comment Henri était parti. Elle se rappelait son retour et la fierté avec laquelle il lui avait tendu le petit paquet contenant les fameuses boucles d'oreilles ; mais elle n'avait jamais beaucoup pensé à son expédition sur la route. À présent seulement, pour la première fois, elle s'interroge, elle imagine ce départ solitaire et cette petite silhouette perdue sur cette grande route dans ce pays en pleine guerre.

Elle, elle était restée, désirant avancer sa traduction de l'espagnol, car elle avait trouvé dans cette activité un alibi et un précieux facteur d'équilibre. Henri, lui, n'avait rien de tel. Quand on travaille dans une affaire d'import-export et que l'on s'en trouve exclu, on ne peut pas travailler à vide pour préparer l'avenir; il était arrêté, sans rien. Il ne pouvait qu'attendre. Or il supportait très mal cette oisiveté forcée. Il en souffrait beaucoup plus que Marianne ne pouvait l'imaginer.

Dans les débuts de la guerre, il était resté à Montpellier auprès de son père mourant : il n'avait pas voulu le laisser. Et pourtant, il aurait tant voulu rejoindre les partisans et prendre part à une action! Il avait essayé, mais trop tard et, se sachant juif, il craignait un peu d'attirer sur ceux à qui il s'adressait un peu du danger qui s'attachait à sa personne. Peut-être aussi, parce qu'il avait trop attendu, se défiait-on de lui. Ses tentatives pour prendre contact avec la Résistance avaient toujours été timides et mal assurées. Et puis, il faut le dire, il était un peu retenu pas ses scrupules à l'égard de Marianne : c'était par sa faute qu'elle était soumise aux lois raciales; par son origine, en effet, elle n'était qu'à moitié juive : leur mariage la condamnait. Il se sentait responsable, n'osait pas vraiment l'abandonner seule dans de telles conditions; et il lui en voulait un tout petit peu de le retenir ainsi malgré elle. Cependant il espérait toujours : s'ils étaient venus s'installer ainsi près de Chambéry, c'était avec l'espoir de rejoindre plus aisément un maquis, alors très proche. Mais, en fait, il était simplement à l'hôtel sous un faux nom, avec de faux papiers, sans utilité pour rien ni pour personne. En plus, il était dans cet hôtel comme un malade, ce qui l'agaçait prodigieusement. Quelquefois, avec Marianne, ils en riaient; mais il restait secrètement offensé de ces ruses et de sa prétendue fragilité. Il avait l'impression d'être un gibier sans défense. Il avait souvent dit à Marianne que si la paix revenait, il ne tirerait jamais plus sur un lapin. Il avait aussi l'impression, pire encore, d'être comme un pestiféré qui risque d'apporter le mal à tous ceux qu'il approche. Bref, il ressentait beaucoup plus amèrement que Marianne la misère de sa situation.

Après le déjeuner, il était donc parti vers la ville, presque au hasard. Il avait surtout éprouvé le besoin de retrouver des gens de connaissance, des amis — des hommes — avec qui il pourrait partager la joie des bonnes nouvelles et leur donner ainsi plus de réalité. Cela lui devenait indispensable : il ne pouvait plus supporter cette existence démunie et solitaire.

Certes, il savait que toutes ces misères n'étaient rien à côté de ce qui l'attendait si jamais il était pris. Il l'ignorait d'autant moins que déjà un de ses oncles à lui avait été arrêté, envoyé à Drancy, puis expédié en camp de concentration. Mais par moments il aurait accepté n'importe quoi au lieu de cette attente.

Il avait donc pris son vélo et était parti pour la ville. Il détestait le vélo. À Paris, avant la guerre, il avait une Alfa Romeo blanche et il avait eu plaisir à éblouir la jeune Marianne avec son luxe et sa réussite. Il n'enfourchait jamais sa vieille bicyclette, achetée d'occasion, sans penser avec rancune à ce changement qui devenait un peu le symbole des autres. Pourtant il s'en servait de ce vélo. On lui avait parfois suggéré qu'il était étrange pour un soi-disant malade de parcourir ainsi la campagne, mais cette prétendue maladie n'était que pour les autorités françaises et celles-ci ne sillonnaient pas les routes.

Lorsqu'il commença à pédaler, il se sentit mieux. Il échappait à ce petit hôtel gentil, à sa petite femme gentille, à cette étroitesse de leur existence. De plus, le paysage était agréablement

vallonné, riche en prés et en bois. L'air y était bon
à respirer, et les vastes courbes des collines, peu
habitées, suggéraient la sécurité. Enfin, le glisse-
ment silencieux de la bicyclette sur la route goudronnée avait quelque chose d'encourageant :
après tout, il lui restait quelque force physique ! Et
l'idée de la double victoire vint alors couronner
cette modeste satisfaction. Il était parti de l'hôtel à
cause de cette victoire, pour la fêter : il s'échappait. Il pensa qu'il pourrait aller voir le marchand
de gravures avec qui il avait lié connaissance :
celui-ci serait sûrement tout à la joie ; et l'accord
de sentiments serait d'autant plus précieux qu'il
n'était pas un exilé en danger : il se trouvait, lui,
dans sa vraie vie, dans son métier, dans sa maison. Peut-être même aurait-il des renseignements
utiles pour rejoindre le maquis... Il pédalait donc
joyeusement, rejetant derrière lui cette petite
épouse dont il avait si malencontreusement
assumé la responsabilité, ainsi que ce rôle
minable que les circonstances lui avaient imposé.
Il allait retrouver des hommes comme lui, prêts à
agir, et une victoire possible.

C'est alors qu'intervint un incident qu'il ne
raconta jamais à personne. Il abordait la grande
descente en pente douce qui rejoint la vallée,
lorsqu'il vit surgir une voiture militaire, une de ces
voitures tout-terrain, largement découverte,
comme il y en a dans toutes les armées, mais qui
était en l'occurrence une voiture allemande avec, à
l'intérieur, deux soldats allemands au casque
sombre, si aisément reconnaissable. Immédiatement, il sentit son cœur battre à grands coups. Il
eut peur. Était-ce assez absurde d'éprouver une
telle peur, simplement parce que l'on croise une
voiture allemande avec deux soldats à l'intérieur ?
Ceux-ci n'avaient aucune raison de s'occuper de
lui ; et il n'était pas rare d'en voir passer, sur toutes
les routes, occupés à des tâches quelconques ; il

n'y avait aucune raison de s'alarmer, mais rien que la vue des casques fut pour lui comme si on le prenait à la gorge. Il étouffa, le corps en panique. Pour un peu il se serait arrêté, tant ses jambes tremblaient. Il n'était plus maître de lui. Il lui fallut donc un effort énorme pour se cramponner au guidon, forcer ses muscles à agir et continuer, bravement, jusqu'à ce qu'il eût croisé la voiture des Allemands. Mais celle-ci passa sans s'arrêter. Henri reprenait son souffle, honteux d'une émotion si intense et si injustifiée, quand il vit avec horreur, dans le petit rétroviseur de son vélo, que la voiture allemande s'arrêtait. Pourquoi s'arrêtait-elle ainsi, en pleine campagne ? Et que pouvait-il faire ? Aucun chemin de traverse ne s'offrait à lui ; et si même il y en avait eu un, l'emprunter aurait été terriblement suspect. Le souffle court, il continua à pédaler plus lentement, les yeux fixés sur le rétroviseur. Quel imbécile il avait été ! Pourquoi n'était-il pas resté à l'hôtel ? Qu'était-il venu faire, tout seul, sur les routes ? Et allait-il se faire prendre justement le jour où l'espérance rebondissait avec les victoires d'Orel et de Catane ? Tant se cacher pour finir par une imprudence aussi inutile, c'était vraiment trop bête ! Et voilà que ce qu'il craignait arriva : la voiture allemande se mit en route doucement en marche arrière. Elle le rejoignait certainement ; et il était pris, tout seul, stupidement, sur cette route. Il eut juste la présence d'esprit de se dire qu'il fallait à tout prix cacher la peur qui était en lui et qui éveillerait aussitôt des soupçons. Il respira profondément et regarda à nouveau. La voiture — Dieu merci ! — avait stoppé et un homme en était descendu, qui ne s'occupait absolument pas de lui. Un des soldats avait choisi un endroit — simplement pour pisser !

Ce fut un tel contraste avec ce qu'il avait craint, qu'Henri faillit à nouveau s'arrêter ; était-ce assez absurde de se mettre dans un tel état pour la seule raison qu'un soldat s'arrête au bord d'une route dans la campagne? Henri sentait encore la peur dans tout son corps, mais il sentait aussi la honte de l'avoir éprouvée. C'était à la fois ridicule et insupportable.

Du coup, l'expérience le libéra. Il prit la mesure de sa misère. Et le sentiment de la double victoire annoncée le matin s'en mêla : il jugea que c'en était assez. Il fallait coûte que coûte rejoindre les autres. Et tant pis si sa trop douce et patiente épouse restait seule à l'hôtel, à se débrouiller comme elle pourrait! Après tout, il ne représentait guère une protection : c'était plutôt le contraire... L'expérience lui fut donc un stimulant. Se sentir ainsi décidé lui rendit toute la confiance qu'avaient fait naître les bonnes nouvelles du jour.

Soudain il se sentit comme rajeuni. Il pédala avec fermeté. Arrivé au grand croisement de la nationale, il vit défiler tout un convoi allemand et regarda les voitures passer sans la moindre appréhension. C'était fini : il n'avait plus peur. Il alla chez son ami, le marchand de gravures ; et ils parlèrent beaucoup, envisageant des possibilités pratiques pour Henri ; et Henri y crut. L'ami lui proposa de faire une petite fête pour célébrer la double victoire. Henri refusa, mais cela lui donna une idée : il se dit qu'il pourrait bien — surtout s'il devait s'en aller bientôt — rapporter quelque chose pour célébrer l'événement ; il marcha un peu dans les rues et tomba tout à coup en arrêt devant les deux petits bijoux d'un bleu si lumineux. Un double bijou pour une double victoire! Il se sentait à ce point libéré et promis à un autre avenir qu'il n'hésita pas et demanda à peine le prix : il réclama un paquet-cadeau et emporta l'objet tout fier. Il avait un peu de remords à l'idée qu'il allait bientôt laisser Marianne seule ; mais c'était un remords très léger. Il se dit qu'elle comprendrait et avec une ombre d'amertume il pensa : elle ne m'aime pas assez pour vouloir à toute force me tenir loin du danger ou me garder auprès d'elle. Pauvre Marianne ! Heureusement, ils n'avaient pas d'enfant. Elle se débrouillerait certainement, très bien, très gentiment et avec sa patience habituelle... Et puis en rapportant ce bijou, il avait l'impression de compenser tant soit peu le mal qu'il allait sans doute lui faire. C'était la vie. Il se sentait maintenant léger et irresponsable. Et quand il revint, fatigué mais sûr de lui, sentant qu'il allait bientôt partir, il serrait dans ses mains les deux boucles d'oreilles bleues qu'à présent Marianne tenait, un demi-siècle après, au creux de sa main.

*

Marianne se rappelle encore parfaitement ce retour d'Henri avec ce petit paquet et son air joyeux. Elle avait été comme Élodie : elle avait trouvé charmant et naturel qu'il partît sur sa bicyclette et revînt avec un bijou pour elle. Mais pas un seul instant, ni en ce jour d'autrefois ni depuis lors, elle n'avait pensé à ce qu'il avait pu ressentir seul sur cette route, dans cette vie de misère à laquelle il était si peu préparé. Elle l'avait laissé partir, indifférente, comme s'il s'agissait d'une promenade d'agrément ou d'une banale expédition à la recherche d'un cadeau. Elle n'avait rien compris à l'impatience désespérée d'Henri. Elle avait paisiblement partagé les épreuves avec lui, puis accepté son départ pour le maquis, sans jamais se soucier de ce que tout cela signifiait pour lui. Et aujourd'hui, tant d'années après, tenant au creux de sa main les deux boucles d'oreilles, elle se représente enfin la petite silhouette de son mari, désemparé et accablé de vexations, qui s'en allait tout seul quêter de l'aide ailleurs. Leur mariage avait duré en tout six ans.

Mais qu'avait-elle su de lui, de lui dans le secret de sa solitude?

Tout cela, à présent, lui gonfle le cœur — en vain. Peut-être n'était-ce pas tout à fait sa faute; peut-être ne comprend-on vraiment les êtres et les événements que lorsque l'on a le recul du temps et l'expérience de l'âge; mais, alors, il est trop tard.

Décontenancée par ce silence, Élodie demande, avec un petit geste du menton, vers la main refermée de Marianne:

— Alors, tu préfères les garder? En souvenir?

— Peut-être, oui... Mais je sais ce que je vais te donner: je vais te donner ma belle broche d'émail couleur de feu: tu sais, celle que tu aimes tellement! Je vais te la donner, à la place.

Élodie voudrait remercier. Mais elle voit Marianne essuyer une larme. Elle pense que Marianne est émue par le regret de son jeune mari, qu'elle pense au passé et à ces élans de joie que pouvait alors apporter une victoire militaire; sans doute avait-elle en partie raison; mais elle ne sait pas encore que, chez les personnes âgées, le regret est toujours largement ourlé par le remords.

JUDAS ET LE SEAU À GLACE

1

Il arrive que l'on connaisse dans la vie des moments de pure perfection.

En un sens, ils seraient presque trop parfaits, ressemblant à une image convenue, à un chromo plus ou moins suspect. Mais la différence est que précisément ils sont réels, qu'on les perçoit par tous ses sens et ne les oublie plus jamais.

Julie connut un tel moment le 18 août 1977 dans un petit restaurant de Calabre, accroché à flanc de coteau et dominant d'environ deux cents mètres le bleu de la mer : elle était en vacances avec Henri et quelqu'un leur avait conseillé de ne pas manquer l'endroit. Ils s'étaient baignés au pied du coteau, longuement, dans cette mer transparente et tiède, ils avaient nagé, s'émerveillant de la douceur de l'eau. Puis ils étaient remontés par l'étroit sentier à travers un maquis serré de plantes méridionales, coupé de figuiers de barbarie avec leurs épines menaçantes, cependant que retentissait autour d'eux le crissement entêtant de cigales innombrables. La remontée avait été chaude et seuls leurs cheveux encore trempés d'eau de mer leur faisaient comme un casque de fraîcheur. Et puis, brusquement, cette même fraîcheur les avait

saisis et enveloppés, quand ils avaient pénétré sur
la petite terrasse ombragée où leur table les attendait. À la lumière éblouissante du sentier avait
succédé la protection des cannisses et, au chant
des cigales, le bruit amical de la vaisselle entre-
choquée et des voix humaines. Ils gagnèrent leur
table en bordure de terrasse : un parapet de bois
rustique les séparait de cette grande descente vers
la mer. Ils n'étaient pas seuls, sur cette terrasse.
Une longue table familiale était occupée apparemment par des Anglais ; en dehors d'eux, il y avait
deux ou trois couples, dont l'un semblait être du
pays. L'endroit, de toute évidence, était connu.

Toutes ces tables étaient dans l'ombre — une
ombre légère, venant de ces cannisses faites de
paille et de roseau, qui laissaient filtrer de fines
raies de lumière, rehaussant encore la valeur de
l'ombre. Une vraie vigne grimpait sur le rebord de
cet abri avec deux ou trois grappes de raisin noir,
lourdes et mûres, qui pendaient à portée de la
main. Sur leur table rustique, couverte d'une toile
cirée à carreaux, des assiettes de faïence semblaient d'un blanc crémeux qui donnait envie de
les toucher. De même, les verres trapus étaient de
cette lourde matière, d'un vert un peu foncé, si fré-
quemment employé pour les verres et les bouteilles de l'Italie du Sud. Mais surtout une coupe
contenait des poivrons de couleurs diverses,
rouge, jaune, vert. Ils étaient là à titre décoratif, et
ils le méritaient. Leurs peaux étaient lisses et
veloutées : sans éclat, ils irradiaient pourtant la
richesse des couleurs.

Puis, regardant autour d'eux, Julie et Henri
s'étonnèrent de voir que tous les objets prenaient
cette même présence à la fois intense et étrangement douce. Peut-être leurs yeux éblouis par le
soleil, puis pris dans cette ombre protectrice, per-
cevaient-ils tout de façon plus nette, ou bien peut-
être y avait-il dans la lumière que diffusait ce toit

végétal quelque chose de véritablement exceptionnel; en tout cas, chaque objet semblait vibrer
d'une présence inhabituelle. Julie vit la petite fille
à la table des Anglais; elle pouvait avoir sept ou
huit ans, et sa chair de blonde était toute dorée de
soleil. Elle avait encore un corps potelé d'enfant,
et ses épaules rondes, plus hâlées que le reste, res-
semblaient à des fruits mûrs que l'on aurait eu
envie de caresser du doigt, comme la peau d'un
abricot que rien n'a encore touché. Fascinée, Julie
regardait, sur ces tendres épaules, le jeu de la
lumière et de l'ombre. Jamais elle n'avait éprouvé
de telles sensations devant une chair d'enfant.
Cela tenait du miracle.

Elle se tourna vers Henri pour lui dire son
émerveillement, mais déjà le garçon arrivait,
grand et brun, l'air efficace, un torchon passé à la
ceinture. Henri commandait leur déjeuner dans
un italien volubile. Il avait voyagé. Il connaissait
les langues, il savait ce qu'il fallait commander. Et
tout cela, ce moment, cette aisance, il les lui
offrait, pour sa joie.

Bientôt leur table se couvrit de ces petits hors-
d'œuvre raffinés, où excellent les pays du sud : des
olives et des tomates, du jambon avec des figues,
de la purée d'aubergines, et des saucissons de
diverses tailles, moelleux et poivrés. En même
temps, arrivait le seau à glace avec un vin blanc,
très sec, qu'aussitôt Henri, après avoir vérifié sa
fraîcheur, lui versa d'un air assez fier de lui.

Merveille! Dans leur gorge chauffée par le soleil
coula alors ce liquide si frais, mais en même
temps si riche, qu'il sembla depuis la gorge se
répandre dans tout leur corps, apportant une
force allègre, qui, au passage, détendait doucement leurs muscles et portait de la vie jusqu'au
bout de leurs doigts. C'était un vin de volcan, un
de ces vins dont on dit si étrangement qu'ils ont le
goût de pierre à fusil : c'était un vin exquis !

Ce fut ce moment-là qui, pour Julie, se fixa soudain comme un paysage se fixe en une image photographique. Tout s'arrêta pour elle, ne laissant place qu'à une immense jubilation.

Henri devait l'observer : il eut alors un geste qu'elle ne devait pas oublier ; il plaça sa main, comme une sorte de coque protectrice, tout doucement, sur le poignet de Julie. Ses doigts l'effleuraient à peine ; on aurait dit seulement qu'il faisait passer, dans cet effleurement discret, toute sa tendresse et tout le désir qu'il avait de la rendre heureuse. La fixant alors de ses yeux si clairs et si attentifs, il demanda doucement :

— Contente ?

Du coup le cœur de Julie déborda :

— Contente ! Éblouie ! Heureuse ! C'est le paradis.

Henri sourit, indulgent. Lui aussi était pris dans la beauté de l'endroit. Ses yeux clairs s'assortissaient à son polo, également bleu, et il se tenait, comme toujours, très droit avec l'air de discrétion bien élevée qui lui était familier. Il fallait le reconnaître : Henri était l'homme le plus gentil qui eût jamais existé.

Dans un élan de joie, elle voulut alors parachever cet instant béni et, dans une inspiration subite, elle plongea brusquement ses lunettes de soleil dans le seau à glace, à côté du fameux vin blanc. C'était Henri qui, quelques jours plus tôt, lui avait appris à rafraîchir ainsi des yeux chauffés de soleil : elle lui devait cela aussi.

Mais aujourd'hui tout était si merveilleux qu'elle eut l'impression d'accomplir un geste symbolique ; elle s'écria en plongeant les lunettes :

— Bravo, la vie !

À ces mots elle vit sans y prêter attention Henri couler un regard vers les autres tables comme s'il était inquiet de leur réaction, comme s'il voulait s'assurer que cela n'avait pas paru déplacé. Julie sourit : la gentillesse d'Henri était délicieuse, mais sa bonne éducation était presque excessive. Il était amusant de jouer ainsi à l'inquiéter, voire à le choquer, d'arborer des toilettes qui pouvaient le surprendre, des couleurs anormalement vives, un rire un peu haut, juste pour voir, pour lui apporter cet élan de vitalité et de liberté qui semblait parfois lui manquer. Car s'il lui donnait tout, elle avait le sentiment de pouvoir lui communiquer cette liberté de manières et cette joie de vivre que peut-être il ne possédait pas parfaitement. Elle pouvait du moins lui donner cette spontanéité et cette espièglerie que le bonheur lui inspirait. Elle demanda, ironique :

— Il ne faut pas ?

Mais déjà il était revenu à elle, l'approuvait, lui souriait.

Cela n'avait été qu'un seul instant ; cela ne gâcha rien ; au contraire, ce fut comme une promesse d'échange et de confiance. Déjà elle savait que de toute sa vie elle n'oublierait jamais le moment qu'elle venait de vivre.

2

Le 12 août 1984, c'est-à-dire sept ans après cette rencontre, Julie était assise avec son amie Violette à une table du grand café Charlemagne dans le XVe arrondissement à Paris. Elles avaient décidé de déjeuner ensemble ; cette année-là Julie n'avait pas pu prendre de vacances. Il faisait horriblement chaud et orageux. Pour accompagner un assez minable repas, elles avaient commandé deux Coca-Cola et s'étaient ensuite plaintes de la température des bouteilles qui n'étaient même pas fraîches. On leur avait apporté, non sans mauvaise humeur, un seau à glace, et Violette, discrètement, passa un doigt sur la surface du seau où perlaient des gouttes glacées, puis passa ses doigts sur ses paupières lasses. On cherchait un peu de fraîcheur à tout prix. Sans doute ce geste suffit-il pour rappeler à Julie ce déjeuner de Calabre, si différent. Elle eut un regard rêveur et, peut-être pour se vanter, ou bien seulement parce que le poids du souvenir pesait trop fort pour rester secret, elle murmura :

— En Calabre, avec Henri, il nous arrivait de plonger nos lunettes de soleil dans le seau à glace pour nous rafraîchir les yeux.

Elle détourna aussitôt le regard, mais trop tard. Violette l'observait en souriant :

— Vous avez dû faire bien d'autres extravagances, Julie, car, ma chère, tu viens de rougir.

— Des extravagances ? Oh, non ! Oh, non ! Pas du tout ! Simplement j'ai été si bête ! Si tu savais !...

— Mais je croyais que cela avait été si réussi ?

— Réussi ? Oui, bien sûr ! Plus que réussi... Mais c'est moi qui ne comprenais rien. J'ai été tellement bête ! Et puis si tu savais comme c'est dur de se rendre compte après coup que tout vous a été donné et que l'on a tout gâché et que l'on n'a rien compris... J'étais si jeune, si égoïste ! Je n'arrive pas à le croire à présent.

Violette s'inquiéta :

— Mais qu'as-tu donc fait ?

— Mais rien, justement ! Je n'ai rien fait, jamais. Je ne me suis pas souciée de lui. Je n'ai pas tenu compte de ses humeurs ni de ses souhaits. Je n'ai jamais pensé qu'à moi. Tiens, justement ce voyage : c'était moi qui voulais aller en Calabre ; lui, il craignait la chaleur, il n'avait pas envie d'y aller, surtout en plein mois d'août. Il aurait voulu aller à un festival de musique : tu sais que moi et la musique... à cette époque du moins, cela faisait deux. Et nous avons été en Calabre. J'aurais dû savoir que ce n'était pas bon pour lui : avec ses yeux clairs et son tempérament de nordique, il craignait le soleil. Deux jours après ce déjeuner dont je te parle, il a eu une insolation, légère mais désagréable. Et moi, tu crois que je me suis inquiétée de lui, que je me suis apitoyée ? Rien du tout ! J'ai été à la plage toute seule et je lui en ai voulu de ne pas m'accompagner. J'ai dû le lui marquer, je trouvais que c'était un mauvais coup qu'il me faisait. Voilà comment j'étais. Je le sais, maintenant.

— Tu exagères sûrement, murmura Violette.

Julie ne pouvait pas raconter à Violette ces détails qui après coup s'étaient réunis en une impression accablante. Elle ne pouvait pas lui dire le regard patient des yeux bleus, quand elle l'avait laissé seul, de la glace sur la tête, dans cette chambre d'hôtel. Il y avait tant de choses plus graves qu'elle ne pouvait pas lui dire. Elle ne pouvait pas lui raconter le moment où Henri avait perdu son frère : elle n'aimait pas y repenser. Elle était sortie pour dîner en l'excusant, lui, mais en allant à ses plaisirs, et elle avait certainement pensé et laissé voir qu'à son avis, il aurait pu faire un effort. Elle avait posé quelques questions polies, sans bien écouter les réponses ; elle n'avait pas cherché à comprendre, à écouter, à l'aider ; jamais.

Même dans les moments d'intimité, avait-elle jamais pensé à lui ?

— Il était trop bien pour moi, à tout point de vue. Et je ne m'en suis rendu compte qu'après coup. Tu comprends, j'étais une gosse agaçante et il ne me l'a jamais laissé voir, jamais !

Était-ce tout à fait vrai ? Il avait parfois eu de ces mouvements vite réprimés où l'on voyait ce qui le contrariait, mais elle avait cru que c'était de sa part timidité et raideur. Elle était prête à le modifier selon son goût à elle, sûre d'avoir raison. Et même ce fameux jour, lors de ce déjeuner en Calabre... voilà qu'elle se rappelle le coup d'œil qu'il avait coulé vers les autres tables, inquiet de leurs réactions. Elle n'y avait pas prêté attention sur le moment, sinon pour penser qu'il était ridiculement timide et bien élevé. En quoi cela gênait-il qu'elle eût ce geste tout naturel, dans ce petit restaurant, loin de tout? Mais en fait, il y avait eu quelque chose : peut-être son cri de joie, de provocation, ce petit quelque chose de trop qu'elle ajoutait à tout, comme si l'insistance des mots compensait le silence du cœur. Elle avait eu une exclamation de joie. Elle ne savait plus laquelle. Mais elle savait après coup que ce petit quelque chose de trop, ce petit rien qui avait non pas choqué Henri, mais alerté son attention, n'avait eu pour effet que de lui inspirer, à lui, une sorte de crainte pour elle : il avait eu peur qu'elle ne s'attirât des sourires ironiques et il souhaitait les lui éviter. À présent, et depuis des années, elle le comprenait. Cela avait été la minuscule faille qui ne gâtait certes pas la perfection du souvenir, mais permettait que s'y joignît un remords presque intolérable.

Depuis des années, ces pensées l'obsédaient.

— Mais, enfin, coupa Violette, avec toutes ces perfections que tu lui prêtes maintenant, il y a quelque chose qui n'est pas très logique : c'est quand même toi qui as refusé de partir avec lui au Danemark, il y a deux ans?

— Oui... enfin, non... justement! Oh! c'est trop difficile à expliquer.

Là aussi, comment aurait-elle pu expliquer à Violette qu'elle n'était même plus certaine qu'il lui eût vraiment proposé de partir avec lui. Tout cela s'était passé vite, comme dans un rêve, et elle n'avait même pas fait vraiment attention à ce qu'il voulait et laissait entendre. Sur le moment, elle avait été sensible à ce grand changement en perspective; elle lui en avait sans doute voulu de cette nouvelle complication; et quand il avait dit

modestement et comme avec crainte : « Je
comprends bien que pour vous ce serait un terrible changement de partir là-bas... », elle s'était
arrêtée aux mots « terrible changement » et elle
n'avait pas retenu l'offre impliquée peut-être par
ces mots. Il n'avait pas insisté. Peut-être avec sa
discrétion habituelle avait-il jugé qu'elle ne
s'empressait guère de retenir une telle hypothèse :
c'était possible, et absurde. Mais peut-être aussi
ne souhaitait-il pas vraiment son accord ; il avait
fait l'expérience de la vie avec elle et ne désirait
pas continuer. De toute manière, le malentendu la
condamnait.

Bien des fois elle avait essayé de retrouver les
mots exacts et l'intonation exacte d'Henri ce jour-
là : étrangement, elle ne les retrouvait pas. C'était
comme si une inattention inexplicable avait
recouvert ce moment, comme si la surprise de ce
départ imminent l'avait seule atteinte. C'était
comme un enregistrement dans lequel, tout à
coup, quelques mesures manquent, ou quelques
phrases. Or c'était là que tout s'était joué. Et cette
ultime déception pouvait avoir été décisive pour
Henri. En six ans, elle le comprenait après coup,
elle lui avait fait du mal, souvent : peut-être lui en
avait-elle fait plus que jamais ce jour-là, et elle ne
le saurait jamais.

— Il s'est marié il y a six mois, jeta-t-elle som-
brement. J'espère que, cette fois, il est mieux
tombé.

Sans raison, elle ajouta :

— C'est drôle, avec sa patience, il était un peu
comme un père.

Et enfin, illogiquement, elle murmura :

— Et puis, il était si beau...

Ces mots lui avaient échappé parce qu'elle
revoyait en pensée sa haute stature et devant elle
ses deux yeux clairs attentifs, surveillant ses désirs
et ouvrant pour elle comme une zone de protection au sein de laquelle il était facile de vivre.

Mais c'était fini. Elle ne voulait plus y penser. Jamais plus elle ne retournerait en Calabre. Jamais plus, quoi qu'il arrive, elle ne plongerait ses lunettes dans un seau à glace comme elle l'avait fait dans ce moment de bonheur, jamais!

Le souvenir d'un moment parfait, pour peu qu'on s'y arrête, peut ruiner toute la suite d'une vie.

3

Le 6 août 1987, c'est-à-dire trois ans après la scène précédente, Julie déjeunait avec un riche marchand de soierie dans une auberge réputée, proche de la Seine, au Mesnil-Saint-Blaise.

Elle connaissait peu cet homme, Gaston Bellamy; et elle n'était pas sûre du tout qu'il lui plût. Mais il était empressé, désireux de faire bien les choses; et elle n'y regardait plus de si près.

Sur la table les attendait déjà une bouteille de champagne d'une marque connue — dans un seau à glace. Il avait pris des airs dégagés pour suggérer que par ce temps c'était la boisson la plus rafraî-chissante. C'était un peu trop voyant; mais elle avait aimé cela : pour une fois, c'était à l'autre de se montrer légèrement vulgaire; ce n'était plus à elle! On dit parfois que l'on recommence toujours dans la vie les mêmes sortes d'aventures et de rela-tions avec des personnes successives, mais le contraire aussi peut arriver, et, cette fois, il ne s'agissait pas d'un hasard. Peut-être ce Gaston Bellamy, qu'elle avait connu par l'intermédiaire de l'affaire d'import-export où elle avait fini par trou-ver un emploi, avait-il bénéficié du fait qu'il était à tous égards le contraire d'Henri. Il était un peu fort, pas très grand; ses yeux bruns étaient cares-sants et luisants; on lui aurait volontiers prêté des origines orientales, peut-être à tort. C'était tout simplement un brave homme d'affaires, qui n'habitait pas Paris, et tentait de réussir dans la vie, comme il le tentait auprès des femmes qui lui semblaient libres. Il ne soupçonnait pas à quel point Julie était, en effet, libre et seule dans la vie, mais à jamais hors de son atteinte. Elle acceptait ses invitations avec tant de facilité, avec même un rien de provocation, comme si elle savait parfaitement à quoi il voulait en venir et à l'avance l'acceptait. Et il comptait assez, il faut l'avouer, sur cette journée à la campagne et ce déjeuner confortable.

Il regarda autour de lui le restaurant, il contempla avec satisfaction la salle spacieuse, les couverts élégants et la bouteille de champagne, qui rafraîchissait. Il demanda alors :

— Contente ?

Le mot était malheureux. Pour Julie, ce fut un coup. Elle revit brusquement le moment où Henri, en Calabre, lui avait posé la même question. Là-bas dans le petit restaurant italien, il y avait eu ses deux yeux bleus si pleins de sollicitude et ce geste, ce geste qu'elle sentait encore présent, de sa main arrondie comme un nid, frôlant à peine la sienne sur la table et la protégeant. Il avait vraiment voulu s'assurer qu'elle était heureuse et que tout était comme elle l'avait rêvé. L'homme aux yeux bruns, au contraire, semblait dire : « Ai-je assez fait ? Ai-je assez payé ? » Et il semblait quêter une bonne note pour ses approches fastueuses. Julie sentit au cœur un pincement aigu. Elle revit, en un éclair, la scène italienne et le regard attentif d'Henri, et perçut, de façon brutale, ce que la fatuité de son nouvel interlocuteur avait de fruste. Elle comprit, sans aucun doute possible, qu'elle ne pourrait jamais s'intéresser à lui — ni d'ailleurs à aucun autre homme. Et une sourde révolte s'empara d'elle. Oui, elle avait été naïve et égoïste ; mais elle payait trop cher. On ne lui avait rien dit ;

et l'autre, avec ses yeux bleus, il aurait dû lui aussi
s'expliquer un peu mieux. Elle sentit les larmes lui
monter aux yeux, mais elle avait appris à vivre. Et,
le cœur mort, elle répondit :

— On le serait à moins. Merci pour tout cela.

Une lueur de satisfaction passa dans les yeux
bruns de l'homme : il se sentait sûr de sa prise, et
trouvait Julie charmante.

Et pourquoi ne l'aurait-il pas, sa prise ? Julie
n'avait rien à perdre.

Elle revit comme en un rêve les yeux bleus
d'Henri. C'était comme une apparition qui aurait
flotté devant elle. Elle les voyait écartés, agrandis,
comme emplissant son paysage intérieur, emplissant la pièce entière. Trop grands, trop espacés.
Deux yeux qui semblaient n'appartenir à personne
et veiller sur elle de loin, obstinément, avec une
sollicitude inquiète, de plus en plus inquiète.

Alors elle ne le supporta pas. Prenant sur la
table ses lunettes de soleil, sans aucune raison, car
il ne faisait pas très chaud, elle les plongea d'un
geste résolu dans le seau à glace, bafouant à tout
prix le passé. Et comme elle se souvenait avoir dit
quelque chose ce jour-là en Calabre, elle ajouta au
hasard : « Et, voilà ! Vive Saint-Blaise ! » Puis, se
tournant vers son nouvel ami, elle expliqua : « J'ai
appris ce geste lors d'un voyage en Calabre, il y a
longtemps. Il faisait alors si chaud, abominable-
ment chaud. C'est un souvenir détestable. »

Et, comme si ce n'était pas assez, elle jeta :

— Pas seulement la chaleur : tout ce voyage !
Tout l'ensemble...

L'homme se tut, surpris de sa véhémence. Elle
avait une expression étrange et il se demanda un
instant si elle n'était pas un peu déséquilibrée.
Mais, après tout, cela n'était pas son affaire.

En fait, Judas dut avoir à peu près la même
expression quand lui aussi commit sa trahison,
car se sentir inférieur et coupable met au cœur la
rage de détruire.

Julie éprouvait, son geste accompli, le même sentiment de libération désespérée que Judas avait dû éprouver. Elle retrouva son calme ; elle retrouva sa façon brave d'affronter la vie ; mais elle ne retrouva jamais la douceur qui avait accompagné sa naïveté d'antan.

Une histoire pleine de trous

L'histoire de Lia est une belle histoire, qui devrait émouvoir n'importe qui. Mais ce qui me frappe est que je ne puis pas la raconter. Une stupeur me prend à voir combien les trous y sont nombreux et à mesurer tout ce que je n'ai pas su. Encore si ce n'était que l'ignorance ou l'oubli! Mais en fait il s'agit d'un manque de curiosité que je puis à peine comprendre. Comment ai-je pu, pendant tant d'années, me poser si peu de questions? Et comment puis-je, à présent, buter sur ces questions auxquelles, sur le moment, je n'ai pas cherché la réponse, avant qu'il soit trop tard?

Lia et moi, nous étions camarades de classe au lycée Jules-Ferry. Nous l'avons été pendant des années. C'était juste avant l'arrivée de l'hitlérisme.

Elle s'appelait Lia Matys. J'ai appris depuis lors qu'elle était juive et d'origine hongroise. Mais, pour des petites filles dans la France d'alors, ce genre de questions ne se posait pas. Je ne sais pas encore aujourd'hui si Matys est un nom juif, s'il est répandu en Hongrie; je ne sais même pas si c'était leur vrai nom d'origine ou si ses parents l'avaient modifié en devenant français. Dans nos années d'enfance, nos petites camarades pouvaient porter les noms les plus étranges et les plus inhabituels sans que nous songions à nous interroger à leur sujet. Je m'amuse de penser que j'ai retrouvé récemment le nom d'une camarade qui s'appelait Secaresco; aujourd'hui je reconnais un nom qui vient de Roumanie. Venait-elle de Roumanie, notre Irène Secaresco? Quelle était sa vie? Quelles étaient ses origines? Aucune de nous, j'en suis certaine, ne se l'est jamais demandé. Nous étions des petites filles en classe, toutes pareilles et entièrement occupées de la vie de notre lycée.

Lia (car je ne lui ai du moins jamais connu d'autre prénom, les professeurs même l'appelaient ainsi) était une merveilleuse petite fille. Elle était toujours d'une propreté impeccable, avec ses chaussettes blanches bien tirées sur les mollets (et comment faisait-elle? je me le demande encore), avec ses chandails souples, ses souliers de qualité et cet air d'aisance qu'ont les enfants habitués à un certain confort matériel. Sans doute était-elle riche, mais, là non plus, nous ne nous posions pas la question. La netteté de sa tenue était d'ailleurs comme une sorte de politesse envers le monde extérieur. Et puis il y avait la gentillesse de son visage. Je me rappelle un visage rond, des yeux châtains, un sourire toujours ironique sans être jamais arrogant. Elle avait l'air amusée, peut-être un petit peu trop décidée, mais gaie, avenante, disponible. Elle accueillait les êtres et les événements de la vie quotidienne comme s'ils étaient destinés à embellir ou à distraire sa journée; elle les accueillait en s'amusant, mais avec une sorte d'acceptation joyeuse. On appelait « Lia! »; et aussitôt, l'œil vif en attente, elle se tournait vers vous, prête à vous rejoindre pour ce que vous vouliez. Je suis sûre que nous avons été amies. Je me revois avec elle errant dans les rues au retour du lycée. Je suis allée aussi dans sa chambre de petite fille, chez ses parents; et je me rappelle mal la chambre, mais je sais qu'elle était bien rangée, claire, et, elle aussi, parfaitement nette. Je regarde encore parfois des photographies de classe où elle figure, le visage légèrement détourné, mais l'œil braqué sur la caméra, comme si elle jouait une sorte de comédie. Elle attendait sûrement beaucoup de la vie; et on le comprenait: elle était bonne élève, optimiste et résolue.

J'ai dû la perdre de vue vers l'époque du baccalauréat. Là, nos voies ont divergé et je n'ai plus su grand-chose d'elle. Cette circonstance serait une excuse peut-être à beaucoup des trous dont mon histoire est pleine si nous ne nous étions pas rencontrées ensuite, une autre fois, une dernière fois, dans des circonstances difficiles à oublier.

En fait, j'ai revu Lia. Je l'ai revue pas mal d'années plus tard. Elle était mariée, moi aussi. Mon mari était juif, le sien aussi. Or c'était la guerre et les persécutions contre les juifs avaient commencé. Quand je l'ai retrouvée, c'était à Biarritz, alors que déjà le danger se précisait. Je ne sais pas à quel moment exact elle avait quitté Paris avec ses parents pour chercher refuge en zone libre. Ils étaient installés dans un groupe de pièces d'un grand hôtel, ce qui leur permettait à la fois de se sentir un peu chez eux, et d'être servis par l'hôtel. Nous étions, nous, réfugiés et cachés, dans un village aux environs de Pau. Nous étions venus en ville, comme on disait alors, pour une rencontre assez secrète et importante. Nous sommes tombés sur Lia par hasard; et elle n'a pas hésité un seul instant: avec son élan d'autrefois elle nous a invités à déjeuner tous les deux avec ses parents.

Je me rappelle que déjà l'on avait peur et que leur train de vie assez fastueux nous avait paru quelque peu imprudent; ils semblaient avoir apporté avec eux l'aisance de la vie parisienne et traverser l'instabilité d'alors comme s'il s'était agi d'un jeu. Il est possible que, trop confiants dans la liberté qu'ils avaient trouvée en France, ils n'aient

pas vraiment cru au danger qui les menaçait. Ils
n'auraient pas été les seuls dans ce cas. Mais il se
peut aussi qu'ils aient connu la peur et l'aient dis-
simulée avec cette résolution altière et souriante
que j'avais toujours admirée chez Lia.

Pour moi, ce déjeuner reste présent comme une
sorte de symbole et l'impression se résume dans la
formule du « dernier Tokay ». Ils avaient en effet
décidé de sacrifier pour l'occasion une des pré-
cieuses bouteilles rapportées de leur pays d'origine. Et ici je m'arrête horrifiée. Je me rappelle ce
dernier Tokay. Je me rappelle le vin ambré dans
les verres et la gaieté hospitalière du père de Lia.
Mais je ne me rappelle plus rien d'autre. Je ne sais
plus si son mari était là ; je crois que non. Et je ne
sais plus, non plus, si j'ai vu son petit garçon. Il y a
là quelque chose qui me trouble ; car cet enfant
devait être le centre de tout leur intérêt, comme il
devait être le centre de l'histoire que je m'efforce
de raconter. Il était tout l'espoir de Lia. Or je n'ai
pas le souvenir de l'avoir vu. Est-il possible que je
l'aie oublié ? Il est vrai qu'à cette époque je n'avais
pas encore d'enfant et m'intéressais assez peu à
eux. Mais parfois je me dis que, sous cette gaieté
apparente, peut-être Lia cachait une de ces ruses
que les événements devaient bientôt enseigner à
beaucoup. Elle a peut-être déjà caché son petit
garçon, même à nous, parce qu'elle savait que
pour le sauver il fallait qu'il fût ignoré. Je ne sais
pas si cette explication est la bonne ; mais elle
prend, par rapport à toute la suite, une signification qui m'effraie. J'ai oublié ces faits importants,
décisifs, dont certainement nous avons parlé ; et
pourtant, je me souviens du vin. Est-ce parce que
je ne songe qu'à la boisson ? J'espère que non. Je
pense plutôt que ce dernier Tokay est resté associé
pour moi à ce courage allègre, à cette générosité,
et à cette ombre d'imprudence derrière laquelle
devait se cacher tant de terreur et de stupeur.

Après tout, si les Matys avaient quitté leur pays pour la France, cela n'avait pas dû être sans l'expérience du trouble, de la violence et des périls possibles. Ils s'en étaient tirés heureusement : mais ils ne pouvaient ignorer que l'on danse toujours plus ou moins sur un volcan ; et ils avaient appris qu'il faut boire le dernier Tokay quand il en est encore temps.

Cette élégance délibérée dut, je crois, nous choquer légèrement, mon mari et moi. Pourtant nous l'admirions, sans bien la comprendre. Et le souvenir nous en est resté comme une sorte de lumière, quand les épreuves se sont multipliées.

Nous avons dû l'admirer plus encore lorsque, la guerre finie, nous avons appris enfin les nouvelles des uns et des autres : on nous a dit alors que Lia avait été déportée avec ses parents et n'était pas revenue. Qui nous l'a dit ? À quel moment ? Cela non plus, je ne saurais le préciser. Mais je puis du moins rapporter les faits tels qu'ils me furent alors présentés.

L'histoire comporte elle aussi bien des trous, et même des invraisemblances. Par moments elle me semble dramatiquement incomplète. On les a arrêtés, naturellement, un beau jour. Un beau jour une rafle, et c'est la fin. Ils sont tous partis. Ils ont été déportés. Ils sont morts en déportation.

Mais pas tous, justement. L'histoire de Lia commence et finit ici. Elle a eu le temps de saisir son bébé et de le dissimuler, en deux minutes, dans une armoire à linge au bout du couloir. Elle avait dû prévoir jour après jour une occasion de ce genre ; car elle a eu la présence d'esprit d'épingler sur les vêtements de l'enfant un papier portant le nom et l'adresse d'une amie qui n'était pas juive et qui pourrait s'en occuper. Puis elle a suivi ceux qui étaient venus l'arrêter avec ses parents.

On m'a raconté cette histoire et je l'ai crue, naturellement. On m'a même dit le nom de l'amie qui était aussi une des anciennes de Jules-Ferry et l'on a précisé que l'enfant ainsi avait été sauvé.

Il faut se rappeler ce qu'étaient ces années d'après-guerre pour comprendre et pour excuser mon incroyable indifférence. Car j'ai été émue, bien entendu. Qui ne l'aurait été? J'ai été émue, j'en ai parlé autour de moi; j'y ai pensé... Mais c'est tout. Dans ces mois difficiles, on se refaisait des vies traversées par tant de drames... Les choses en sont restées là. Et il a fallu des années, des dizaines d'années; il a fallu des occasions imprévues pour qu'un jour les questions commencent à me tarauder. D'ailleurs, je le dis pour ma défense, mais surtout pour rendre les choses moins invraisemblables : ceux à qui j'ai communiqué cette nouvelle ou qui me l'avaient communiquée n'en savaient pas plus que moi et ne s'étaient pas posé plus de questions. Eux aussi avaient été entièrement absorbés par la reprise d'une vie plus normale; on accueillait les nouvelles, et puis c'est tout. On n'allait pas plus avant. Et pourtant, comment se contenter d'un tel résumé? Et d'abord qu'était-elle devenue, elle, Lia? Déportée : j'entends bien, mais quel avait été son sort? La jeune femme servant le dernier Tokay, comment avait-elle supporté le départ et la misère physique, la saleté, les trahisons du corps, les coups et les humiliations? Qu'était-elle devenue, elle si fière et si rieuse, dans la promiscuité de ces trains, dans la faim et la privation, dans l'entassement et la menace des camps? Et d'abord quand? Quand et où était-elle morte? Peut-être tout de suite, peut-être après de longs mois de souffrances! Je n'ai même pas demandé dans quel camp elle avait été déportée. Je n'ai pas non plus demandé si ses parents, déportés en même temps qu'elle, avaient été séparés d'elle. Je n'ai pas cherché à savoir si elle les avait vus souffrir et mourir, eux, les grands seigneurs qui l'avaient si doucement élevée, et je n'ai pas demandé si, inversement, elle les avait vus partir, perdus et transis, vers d'autres directions. Elle si réservée et si protégée, comment avait-elle résisté à des épreuves qui en avaient brisé tant d'autres? Je n'ai même pas demandé si le mari que je n'avais pas vu le jour du dernier Tokay était avec eux ni s'il avait survécu ni s'il avait, lui, du moins, retrouvé son fils. Aujourd'hui encore, je ne le sais pas. Je ne l'ai pas demandé quand il en était encore temps : je ne le saurai jamais.

Mais ce n'est pas tout. Car j'aurais voulu savoir après coup et j'aurais dû demander, de toute évidence, comment l'enfant avait été sauvé. On m'a dit qu'une femme de ménage l'avait trouvé; et sans doute Lia avait-elle choisi cette armoire à linge au bout d'un couloir parce qu'elle savait que les femmes de ménage y allaient souvent pour changer les serviettes et pour d'autres besoins de ce genre. Mais comment avait-elle fait pour empêcher l'enfant ainsi enfermé dans le noir de crier et d'attirer l'attention? Lui avait-elle seulement recommandé le silence, lui expliquant que c'était important ou que c'était comme un jeu et qu'il fallait absolument se taire? Ou bien avait-elle trouvé quelque autre moyen et d'abord était-ce vraiment une armoire à linge? Mon imagination butait sur mille impossibilités.

Alors, je me souviens : quand j'ai commencé à m'interroger, à me demander comment elle avait fait, les incertitudes ont fait croître en moi une sympathie tardive qui a tourné à l'angoisse. Je me suis représenté Lia regardant son enfant avant de l'enfermer dans cette cachette obscure. Je ne cherchais que la vérité, que la vraisemblance, mais cette recherche suscitait en moi des images d'un pathétique insoutenable qui me faisait — enfin! — m'identifier à Lia en ce moment qu'elle avait vécu, et dans les moments qui suivirent.

Car enfin, qu'elle soit morte au bout d'un mois ou bien d'un an, elle n'a certainement jamais su si elle avait réussi, si elle l'avait sauvé, s'il avait été trouvé par des mains amies ou bien arrêté et massacré. Elle avait dû se poser la question à toutes les minutes, à tous les instants, imaginer une scène ou bien la scène inverse, se demander si elle avait bien fait, fait tout ce qu'elle avait pu. Elle avait dû, jour après jour, se dire qu'il était perdu, mais s'interroger obstinément et passer d'une certitude à une autre. L'avait-elle sauvé ?

Ces interrogations dévastatrices ont commencé pour moi il y a seulement quelques mois — avec cinquante ans de retard. Mais à partir du moment où elles se sont emparées de mon esprit, elles ne m'ont plus laissé aucune paix. L'histoire de Lia occupait toutes mes pensées ; je m'interrogeais sur ce qu'avait éprouvé mon amie ; je revivais son épreuve. Après cinquante ans d'indifférence, est-ce assez étrange ? J'aurais si bien pu me renseigner plus tôt. De tous les camps, en somme, il y a eu des survivants. Quelqu'un devait savoir quand et comment elle était morte. Et si l'enfant avait vécu, comme cela aurait été facile de rechercher les gens qui s'étaient occupés de lui, de retrouver leur piste et de m'enquérir du passé, au nom d'une amitié ancienne et en souvenir du dernier Tokay !... J'aurais dû me demander et demander aux autres comment l'enfant avait pris cette aventure, s'il en avait été marqué à tout jamais. Je n'ai jamais rien demandé à personne. Et aucune des camarades que j'ai pu rencontrer depuis lors n'a fait mieux que moi. Nous avons toutes, au même degré, manqué de cœur, manqué d'amour. Comme j'en prenais conscience, mon désir de savoir croissait à chaque instant. J'aurais voulu en savoir plus. J'aurais voulu aussi pouvoir dire à quelqu'un combien le souvenir de Lia s'entourait pour moi d'un halo de courage et de gentillesse. Je crois bien que d'une certaine manière, pendant toutes ces années, elle m'avait manqué : je ne m'en étais pas rendu compte et l'inquiétude qui m'habitait le prouvait assez.

Mais désormais, que faire ? Les gens de ma génération, pour la plupart, n'étaient plus de ce monde. Retrouver des témoignages après cinquante ans était impossible. Et quand il s'agissait de femmes, comme notre camarade à qui Lia avait en quelque sorte laissé son fils, le mariage avait pu changer jusqu'aux noms qu'elles portaient. J'avais trop attendu. Je ne saurais plus rien.

Ce fut pour moi une période éprouvante et je crois que mon mari n'a pas gardé un très bon souvenir de ma nervosité.

J'ai au reste entrepris de combler ce grand vide et ce grand silence en interrogeant, un peu au hasard, des camarades d'autrefois ; elles n'étaient plus très nombreuses et beaucoup me semblaient terriblement vieillies. Mais je me sentais comme obligée de tenter au moins quelque chose.

Longtemps, la quête fut vaine ; mais un jour, une ancienne élève de Jules-Ferry, que je ne connaissais pas, mais qu'une amie avait interrogée, me téléphona ; elle me dit qu'elle croyait avoir des nouvelles qui pouvaient m'intéresser. On lui avait dit (qui cela ? comment ? je ne le sais pas) que le fils de Lia était toujours vivant : il avait été en relation avec un homme d'affaires que connaissait son mari ; elle espérait en savoir plus — si du moins cela m'intéressait.

Bien entendu, cela m'intéressait ! Je ne m'attendais même pas à un résultat aussi heureux et aussi rapide. Je l'encourageai vivement à se renseigner et à me tenir au courant. Et c'est ainsi qu'environ quinze jours plus tard elle me téléphona une seconde fois, triomphante : les nouvelles n'étaient pas récentes ; elles dataient du moment où ce monsieur avait été en rapport avec le fils de Lia, c'est-à-dire de cinq ans plus tôt. Mais à ce moment-là, du moins, il était vivant et habitait — ô stupeur ! — ce même appartement que j'avais connu et qui avait été celui de Lia et de ses parents, lorsqu'elle était une petite fille.

Cette fois, je touchais au but : j'avais une adresse, un nom, un numéro de téléphone. Je pouvais appeler, la vérité était à ma portée.

On pensera peut-être que je me suis précipitée aussitôt sur le téléphone. Peut-être cela aurait-il été normal. Peut-être aurais-je dû le faire. Mais je ne l'ai pas fait.

Mon imagination avait été mise en mouvement par tant de réflexions qu'elle ne pouvait s'arrêter brusquement en route. Avant même que j'aie réfléchi à la conduite à tenir, elle me proposait des formes diverses de scénarios pour la conversation que nous allions avoir et la confrontation que j'attendais.

Je ne suis pas fière, non plus, de mon attitude d'alors. Tous les prétextes m'ont été bons, toutes les excuses. Et ce renseignement que j'avais tant attendu, j'ai attendu plus longtemps encore avant de me décider à l'employer. J'avais peur.

Naturellement, je savais bien que la personne qui me répondrait ne serait plus un enfant de trois ou quatre ans, mais un homme d'environ soixante ans. Ce serait peut-être un homme acariâtre, aigri par ses aventures d'autrefois. Ce serait peut-être un homme vulgaire, sans ressemblance aucune avec Lia ; il aurait peut-être chassé de sa pensée le souvenir d'une mère qu'il n'avait pas vraiment connue et qu'il n'avait pas pu aimer...

Et j'imaginais pire. Je me représentais allant le voir, lui parlant du drame de son enfance, et il me répondait : « Mais non, c'est une légende, ma mère, je le sais bien, m'avait au préalable confié à une amie dont elle était sûre. Tout le reste a été inventé d'après, je pense, d'autres exemples, d'autres personnes, mais n'a aucun fondement et je vous serais reconnaissant de ne pas contribuer à colporter cette histoire. » J'imaginais le choc d'une telle réponse, pour moi qui n'avais rien connu d'autre que cet épisode. Tourmentée, j'en parlai même à mon mari. Je lui ai fait part de mes hypothèses et il m'a répondu : « Attention, même s'il te parle ainsi, comment peux-tu être sûre qu'on ne lui a pas caché à lui la vérité, quand il était petit, pour ne pas le heurter, le froisser ? » J'ai envisagé cette possibilité ; mais je me suis dit qu'on l'aurait informé plus tard. Et qui donc l'aurait informé ? Peut-être avait-il changé de nom ? Peut-être les personnes qui s'étaient occupées de lui, qui avaient su, étaient-elles mortes à leur tour, quand il a atteint un âge où cette révélation était possible ? Je me noyais dans des possibilités et des contre-possibilités ; car cet enfant pouvait être vivant et cependant ignorer sa propre histoire. L'idée me causa un certain malaise et en même temps je commençais à mesurer combien il est difficile d'écrire l'histoire de ces temps troublés où chacun cachait quelque chose et offrait pour les autres des versions mensongères et trompeuses.

En tout cas, pour moi l'incertitude accroissait mon angoisse et elle retardait mon entrée en action.

J'ai aussi pensé qu'il risquait, si je téléphonais, d'être blessé et désagréable. Après l'épreuve de ses jeunes années, s'il ne s'était pas aigri à l'extrême, il devait avoir voulu cacher très loin ce souvenir, afin de se faire une vie normale et de recommencer à zéro. Allais-je l'obliger à retrouver des souvenirs que précisément il cherchait à fuir ? Il le prendrait d'autant plus mal que cette curiosité se manifesterait après cinquante années d'indifférence. Si c'était cela, je lui ferais du mal ; mais aussi je m'en ferais à moi-même, en aggravant le sentiment de ma propre culpabilité. Je n'étais déjà pas trop fière de mon long silence, je l'ai dit; je redoutais terriblement le mépris du fils de Lia.

Allais-je téléphoner quand même? Je me sentais humiliée de tant de veulerie de ma part, quand, enfin, un nouveau coup de téléphone vint mettre fin à mon doute. La personne qui avait obtenu les renseignements avait dû être encouragée par son succès; elle avait pris l'initiative de téléphoner elle-même. Et elle m'annonçait que la piste se perdait: le fils de Lia avait quitté la France pour les États-Unis, de façon définitive.

Je me rappelle m'être écriée:

— Quand cela?

— Il y a environ deux ans.

Je respirai, soulagée. À un moment j'avais cru que mes longues hésitations avaient, de justesse, fait manquer la réussite de ma tentative et que j'arrivais juste un peu trop tard. Mais la réponse était nette: même si je m'étais empressée d'appeler, il était déjà trop tard.

Ce bref soulagement fut suivi d'un apaisement plus large encore. J'avais voulu ces renseignements, à tout prix. Mais maintenant j'étais heureuse de n'avoir pas à avouer devant cet homme ma trop longue indifférence. Je me sentais comme l'élève qui a commis une faute, quand cette faute passe inaperçue et qu'il échappe ainsi au châtiment. Une fois de plus, je ne pensais donc qu'à moi. Finies, cette belle sollicitude et cette sympathie sans mesure. J'ouvrais les mains, laissant s'en aller au loin toute chance de retrouver l'enfant d'autrefois. Oui, il vivait encore. Tant mieux. Qu'il me pardonne de n'avoir pas voulu le pourchasser à travers mille difficultés, dans un univers sur lequel je n'avais pas de prise.

Cet apaisement était inattendu. Ce fut inattendu aussi quand je déclarai à mon mari: je vais écrire quelque chose sur la vie de Lia. Il s'étonna, à juste titre:

— Mais tu n'as pas tout su ; il te manque quantité d'informations, tu l'as dit souvent toi-même...

— Oui, ai-je dit ; mais, justement j'avouerai ces ignorances.

En somme, je voulais offrir tous ces oublis à la mémoire de Lia, en signe de tardive mais profonde fidélité.

Par-delà Babel

Le colloque avait été épuisant, et même exaspérant.

Toute la journée, ils avaient parlé, écouté, discuté, approuvé, écouté encore. Il s'agissait des classes sociales dans l'ancienne Athènes et le sujet, apparemment, avait été bien choisi : les participants étaient nombreux et venaient de pays très divers ; plusieurs étaient des érudits reconnus ; les communications se succédaient à un rythme serré. Comment s'en étonner ? Tous les savants du monde, de nos jours, se passionnent pour les classes sociales. Et aucun ne répugne à accepter une invitation à venir, fin mai, à Athènes. Mais le résultat avait été un crépitement étourdissant de mots. On avait parlé anglais et grec, bien entendu, mais aussi français et allemand. On avait écorché toutes les langues, lu des citations que personne ne comprenait, à cause de la prononciation, et multiplié les malentendus. Des auditeurs tendaient l'oreille, au sens propre du terme, faisant une coupe de leur main gauche, comme s'ils n'avaient été gênés que par un problème matériel d'audition. D'autres se réfugiaient dans la traduction dite instantanée, que débitaient les écouteurs ; mais le son était mauvais et la traduction en retard de plusieurs phrases sur l'original. Un ou deux sages, peu soucieux du qu'en-dira-t-on, avaient placé les écouteurs à l'envers, pour s'assurer ainsi un parfait silence. Les colloques internationaux sont chose éprouvante.

Solange Grégorion, malgré sa jeunesse (trente-cinq ans à peine), en avait déjà pratiqué un bon nombre. Elle était venue plusieurs fois à Athènes, et avait rencontré les meilleurs spécialistes à Vicence, à Philadelphie et à Oslo. Elle aimait, en général, cette atmosphère tout ensemble amicale, pédante, et plaisamment artificielle. Son anglais était clair, ce qui constituait un atout précieux.

Mais, ce jour-là, tout avait mal marché. Elle avait fait un exposé sur la plus basse et la plus pauvre des catégories sociales fondées sur l'argent, à savoir les « thètes », sur lesquels on discute beaucoup. Mais déjà le mot, une fois traduit, déroutait les étrangers (comme il eût dérouté des Français non spécialistes). Et puis, ses idées n'étaient pas bien passées — pas aussi bien que d'habitude. Elle avait fait un exposé d'inspiration libérale, insistant sur le caractère flottant de ces distinctions et sur la variété des conditions, rappelant, aussi, que ces pauvres étaient malgré tout des citoyens et des hommes libres. Elle avait peut-être trop insisté, en un domaine assez incertain. En tout cas, le spécialiste suédois, un homme sûr de lui, au nom imprononçable, l'avait violemment contredite. Et elle avait eu de la peine à se défendre. On a si peu de documents ! Car ce sont là des questions auxquelles les anciens se gardaient bien de s'intéresser ! On en revient donc toujours à des broutilles : une inscription ici, ou une allusion là, que l'on interprète toujours plus ou moins en fonction de ses propres options politiques. Elle avait mal répondu et avait soudain eu le sentiment que l'on discutait sur des pointes d'aiguilles, que l'on ne savait rien, et qu'il était absurde, quand on connaissait si peu les réalités de son propre temps, d'aller se quereller pour celles d'un temps où les gens — heureux mortels ! — se souciaient de tout autre chose. Là-dessus, comme elle se sentait déjà un peu frustrée et déroutée, il y avait eu l'exposé interminable du Hollandais sur le servage et l'agriculture. Le Hollandais avait parlé en grec moderne, par politesse ; et il le prononçait de façon atroce. Elle avait donc eu recours aux écouteurs ; mais les traducteurs eux-mêmes perdaient pied. Elle aurait voulu suivre l'exposé. Elle l'aurait dû, car ses « thètes » avaient très bien pu se placer comme travailleurs agricoles ; et le Hollandais semblait dire quelque chose à cet égard. Mais quoi ? Disait-il qu'effectivement ils le faisaient, ou bien le contraire ? Solange comprenait — à une négation près, ce qui change tout. Elle s'arrêtait un court instant d'écouter, pour tenter de s'y retrouver ; mais elle perdait par là quelques mots de plus, et tombait dans des doutes encore pires.

Fatiguée et mécontente, elle avait alors levé les yeux vers les fenêtres de l'amphithéâtre : dehors, le jour commençait déjà à pâlir. Une belle journée grecque, printanière et ensoleillée, s'était écoulée pendant ces parlotes. Elle aurait pu aller un moment à la mer, monter à l'Acropole, revoir les statues du Musée avec leur mystérieux sourire et leurs longs corps de marbre. Pourquoi, pourquoi avait-elle choisi cette vie d'érudition austère, dans ces salles closes, à entendre des mots, et encore des mots, sans même vraiment pouvoir les comprendre ?

Le jour pâlit encore. Le Hollandais parlait toujours. Elle ferma les yeux comme pour mieux réfléchir. Elle entendait des syllabes dépourvues de sens. Était-ce du grec ? du flamand ? une mauvaise traduction française ? Le traducteur disait « agreste » pour « agricole » et « campus » pour « champ ». La marée des mots était comme un égout qui aurait rompu ses vannes.

Solange était excédée. Elle avait mal au dos, mal aux jambes. Elle détestait l'histoire sociale. Elle détestait l'Antiquité. Elle détestait les colloques internationaux.

*

Elle retrouva sa chambre avec plaisir. L'hôtel était vétuste, assez modeste ; son seul mérite était qu'au cinquième étage, les fenêtres ouvraient sur une sorte de petit toit, d'où l'on apercevait l'Acropole. Et puis c'était la paix, et le silence. Elle décida qu'à aucun prix elle ne redescendrait dîner avec les autres ; et elle se jeta sur le lit. Enfin, le silence. Elle écarta le couvre-lit blanc en coton ajouré et s'enfonça la tête dans l'oreiller. Enfin !

Mais peut-être avait-elle trop désiré ce repos. Ou peut-être était-il arrivé sans une transition suffisante. Toujours est-il qu'elle ressentit surtout la vanité de cette solitude. Que faisait-elle là, campée dans cette chambre inconnue, sur ce lit étranger ? Que faisait-elle dans la vie, sans mari, occupée de recherches lassantes sur des époques périmées ? Que faisait-elle à préparer des textes qu'un Suédois, aussitôt, démolissait, et que les autres écoutaient mollement, attendant leur tour de parler ? Que faisait-elle de sa vie ? Elle se sentait pauvre et triste. Et l'oreiller dégageait une vilaine odeur d'eau de Javel.

Elle en était là quand un bruit de clef se fit entendre dans la serrure : la femme de chambre, la croyant au-dehors, venait faire la couverture. Solange ne bougea pas. Elle regarda avec un sourire la grande et grosse femme aux amples jupes et aux joues de pommes d'api, qui venait d'entrer et s'arrêtait sur le seuil, toute surprise de la trouver là.

— Bonsoir, dit Solange dans son meilleur grec moderne : *Kali spera sas !*

La femme sourit et remua la main, comme on le fait pour dire adieu à un voyageur que le train emporte : elle ne savait pas un mot de grec. Cela amusa Solange, qui, retrouvant son entraînement de l'après-midi, lui demanda, dans un anglais insistant et soutenu par le geste, de quel pays elle venait. Elle ne comprit pas la réponse. Toutes deux se regardèrent, amusées par la difficulté. Puis la femme dit quelques mots : Solange n'identifia pas la langue. Enfin, elle saisit le mot « Sofia », sans savoir exactement s'il s'agissait de la ville ou d'un prénom. Mais qu'importait ? Elle prit l'air de qui s'estime renseigné et content de l'être.

Alors la femme s'approcha, s'empara du dessus de lit et le plia comme un trésor. Après quoi, elle alla vers la table de nuit et, souriante, montra la photographie, dans le petit cadre d'argent :

— Mamma ? demanda-t-elle.

Avait-elle appris ce mot ? Ou s'employait-il partout ? C'était bien la mère de Solange, morte deux ans plus tôt. Solange avait toujours été très proche d'elle et ne s'était jamais consolée de l'avoir perdue. D'où le petit cadre d'argent qu'elle emportait religieusement dans tous ses déplacements. Elle fut émue que la grosse femme l'ait repéré et identifié — elle avait l'impression d'avoir été reconnue pour un être humain, loin de tous les colloques et de toutes les doctrines. Il lui semblait qu'un élément essentiel d'elle-même lui était soudain rendu à travers les diverses coquilles et carapaces derrière lesquelles on se cache et se perd.

Elle fit oui de la tête, avec un regard de gratitude. Ainsi découverte, elle revivait ; à sa propre surprise, elle se rendit compte que des larmes lui montaient aux yeux.

Alors la femme joignit les mains sur son cœur et leva le regard vers le ciel, en répétant d'un air extasié :

— Mamma ! Ah ! Mamma...

C'était parfaitement clair. Elle voulait dire qu'elle aussi avait, ou avait eu une mère, et qu'il n'y a rien de plus précieux dans la vie. Elle voulait dire que cette tendresse-là n'était jamais supplantée par aucune autre, que l'on en vivait toujours par la suite, qu'elle rayonnait et vous réchauffait, même quand on était au loin, servante d'hôtel dans un pays dont on ne comprenait pas la langue. Elle voulait dire que cette expérience était commune à tous, et assurait un lien immédiat entre les êtres humains.

Sa mimique était exagérée (on force toujours quand on n'a pas l'aide des mots) ; sa mère, au surplus, devait être bien différente de la fine Madame Grégorion... Mais le sentiment était authentique.

Solange sourit et fit signe qu'elle était bien d'accord. Elle aurait voulu interroger la femme, savoir quelle avait été sa vie, comment elle avait échoué à Athènes, et si sa mère vivait toujours. Mais elle ne pouvait que mettre dans son regard le plus de sympathie possible.

La femme comprit peut-être. Ou bien elle était heureuse de pouvoir un peu se livrer. Elle se détourna pour chercher sous sa robe, au creux de jupons épais, un étroit porte-cartes, d'où elle tira une vieille photographie, jaunie et écornée. Triomphalement, elle la montra à Solange, posant son doigt épais sur la figure centrale :

— Mamma, dit-elle, toute fière.

La maman était assise, bien droite, au milieu des siens. Le père, lui, se tenait debout derrière elle, un peu de biais ; il portait une grande moustache, mais s'effaçait, de toute évidence, devant l'autorité de la mère, régnant majestueusement sur sa nichée. Et ils étaient là, autour d'elle, sept enfants au visage rond et à l'air buté, dont une toute petite fille aux yeux sombres, candide et fluette. Solange venait de repérer l'enfant lorsque la grosse femme, un peu intimidée, la désigna du doigt, puis se montra elle-même. Car c'était bien l'enfant fluette de jadis qui était devenue cette forte femme haute en couleur, visiblement rompue à tous les gros travaux. En regardant mieux, on retrouvait un peu le brillant des yeux sombres, peut-être aussi leur candeur : la femme, à revoir son image, un peu gênée de la montrer, ressemblait à l'enfant d'alors.

Solange aurait voulu savoir si cette mère impérieuse vivait encore. Elle imaginait l'enfant, arrivée à l'adolescence, partant se placer au-dehors, et envoyant ses gages à la maison... Était-ce l'influence des romans réalistes ? L'enfant était cependant la plus jeune... Mais, certainement, c'était cela. Comment expliquer autrement qu'elle soit à présent placée à l'étranger, dans un pays dont elle ne comprenait pas la langue, avec cette vieille photo cachée dans ses jupons de paysanne bulgare ? Elle devait avoir la quarantaine ; et ses mains, qui tenaient avec respect le portrait d'autrefois, étaient tout abîmées par le travail. L'hôtel où elle travaillait n'avait rien d'un palace : Solange ne le savait que trop. Sa vie avait dû manquer de douceur : elle n'était rachetée que par la fidélité au souvenir.

Solange hocha la tête, mettant dans son geste le plus de conviction possible. Les yeux bruns et brillants de la femme reflétaient des émotions vives et élémentaires. Elle avait dû être peu gâtée en affection, et, au contact du souvenir, elle retrouvait jusqu'à la saveur unique des caresses maternelles.

Il n'avait pas dû y avoir d'échanges très poussés entre cette rude matrone et la petite cadette effarouchée — rien à voir avec les longs bavardages de Solange avec Madame Grégorion ; rien à voir avec leurs connivences, leurs plaisanteries, ni avec toutes ces allusions secrètes, qui tissaient entre elles deux ce réseau si serré de complicités. Non !

rien à voir ! Mais quelque chose, dans les deux cas, était pourtant semblable : sans sa mère, Solange était désormais seule pour lutter contre les problèmes et les désarrois. Il lui manquerait toujours ce recours, cette confiance jamais déçue que l'on connaît une seule fois dans la vie.

Solange et la femme échangèrent un regard où passait la nostalgie des tendresses perdues. Puis la femme rangea la vieille photographie dans le porte-cartes et, en se détournant, cette fois encore, remit le porte-cartes dans ses jupons. Pourquoi se détournait-elle ? Peut-être par une vieille pudeur d'avant le progrès citadin. Peut-être aussi par habitude de dissimuler ses cachettes. Une femme comme elle avait dû apprendre la prudence et même la méfiance, dans les milieux où elle avait vécu toute seule parmi des étrangers. Elle était loin de sa « Mamma », la pauvre !

Solange aurait voulu l'aider, lui témoigner sa sympathie. Gauchement elle chercha dans son sac et prépara deux ou trois billets. Elle voulut les donner. La femme protesta. Solange tenta, par gestes, d'expliquer que c'était pour la mère, en cadeau. La femme dit non, résolument. C'était l'offenser. Elle déroba son regard pendant que Solange rangeait ses billets refusés. Une petite gêne prit place ou faillit prendre place. Mais déjà la femme, dans une inspiration délicieuse, avait trouvé mieux que ce don d'argent : elle s'avança, prit entre ses gros doigts rouges le petit cadre d'argent, et, s'emparant du chiffon qu'elle portait attaché à sa ceinture, elle se mit à le frotter, avec soin. Elle fit briller le cadre, passa délicatement un coin du chiffon sur le verre, en une sorte de caresse ; et, satisfaite, remit le cadre sur la table de nuit, comme une offrande.

Sur quoi, avançant la main, elle tapota doucement l'épaule de Solange et, avec une souplesse imprévue, disparut comme elle était venue.

*

Solange s'assit sur son lit, comme si, par ce mouvement, elle voulait suivre ou retenir la femme qui s'en allait. Puis elle demeura à regarder la porte. Il lui semblait avoir reçu un don, retrouvé un bonheur.

Était-ce d'avoir pu si bien communiquer sans mots ? Était-ce d'avoir, de ce fait, rejoint des sentiments essentiels et élémentaires ? Était-ce d'avoir touché du doigt la profonde similitude qui, dès que l'on creuse un peu, marque l'humanité ? Elle n'en savait rien ; mais l'agacement de l'après-midi était fini et les querelles oubliées. Elle ne se sentait plus ni seule ni perdue. Sous ses paupières, une sorte de joie papillonnait, secrète et vivace.

Elle se leva et alla ouvrir la fenêtre. Il faisait encore un peu jour ; au-dessus des toits gris, des oiseaux striaient l'espace avant la nuit ; on entendait le sifflement de l'air à leur passage. Et l'Acropole — l'Acropole était visible, au loin, entre deux cheminées : le passé rejoignait le présent, tout vibrait et communiquait.

Il y avait sur le balcon une vieille chaise déglinguée. Elle aurait pu s'y asseoir et attendre la nuit, dans la paix. Mais non ! Elle referma la fenêtre, se donna un rapide coup de peigne et redescendit.

En bas, dehors mais à l'abri, divers membres du colloque étaient attablés, bavardant dans l'air tiède du soir. Solange eut vers eux un élan d'affection. Le Suédois lui fit signe : pouvait-il lui offrir un ouzo ? Comme la vie était facile ! Boire un ouzo avec un Suédois était charmant. Et puis c'était une façon de faire la paix, après les querelles de l'après-midi.

Des gens passaient dans la rue, affairés. L'ouzo était frais sur la glace. Il ne se passa pas un quart d'heure avant que l'homme ait invité Solange à venir faire une conférence à Lund, où ils pour-

raient reprendre leur discussion sur les « thètes ».
Déjà, rien ne paraissait plus amusant que de poursuivre à loisir une telle discussion. Il ne l'avait en
tout cas pas jugée idiote, puisqu'il l'invitait...

Ils allèrent dîner ensemble, dans un petit bistrot
voisin. Et, comme ils venaient de s'asseoir, elle
pensa qu'elle devait cette joie légère à la femme de
chambre et à sa « mamma ». Elle faillit lui demander : « Avez-vous une mère ? »

Elle se reprit à temps ; mais, rien que d'y avoir
pensé, elle l'imagina comme un gros petit garçon,
innocent et balourd. Elle en éprouva pour lui une
sympathie toute neuve.

C'est ainsi que la question des « thètes » pro-
gressa ce soir-là, dans un anglais un peu élémen-
taire, que le vin résiné aidait à faire passer.

Maintenant ils s'entendaient très bien.

GOUDRON

Lucie se recueillait, dans le taxi qui la conduisait vers la maison. Bientôt, le miracle allait, une
fois de plus, se produire. Elle sortirait du taxi,
dans l'air tiède et léger, pousserait la porte de la
terrasse, et se retrouverait protégée, loin de tout,
chez elle.

Depuis tant d'années, rien n'avait changé. Il était
bien tombé un ou deux arbres — à chaque fois, un
crève-cœur. Mais le charme était demeuré, vieillot
et secret. C'était une maison cachée de tous, invi-
sible de la route, disparaissant dans la verdure.

Elle allait la retrouver, intacte, redevenue
intacte. Aux vacances dernières, le chemin d'accès
avait été inondé, raviné, creusé d'ornières profondes. Mais grâce à d'innombrables coups de
téléphone donnés depuis Paris, il avait pu être
refait — refait comme avant. Cela avait coûté
cher; mais le voisin leur avait écrit : « Vous serez
contents. »

Oui, dans un moment, le taxi allait s'engager sur
ce chemin, qui semblait ne mener nulle part. Il
allait tourner à droite, puis à gauche, passer entre
les deux vieux piliers de pierre blonde et le chauffeur s'arrêterait, hésitant. Comme tous les chauf-
feurs, il regarderait vers la masse de lauriers et

vers l'étroit chemin de terre, en demandant :
« C'est par là ? C'est assez large ? Et je pourrai
tourner, ensuite ? » Elle avait l'habitude. Elle riait
alors avec malice : « N'ayez pas peur ! allez ! C'est
assez large. » Elle savait que les branches de lau-
rier ou de lilas caresseraient doucement les parties hautes de la voiture : c'était comme de pénétrer dans un domaine magique, ouvert aux seuls
initiés.

Elle savourait à l'avance ce moment, quand le
taxi arriva au tournant : soudain, comme un coup
en plein visage, elle vit le désastre. L'entreprise
chargée des travaux ne s'était pas contentée de
réparer le chemin : devant elle s'ouvrait une large
avenue goudronnée toute droite, brutalement
sombre. Qu'avaient-ils fait, Seigneur ? En plus,
pour élargir, ils avaient coupé, à l'emporte-pièce,
les jeunes lauriers et les lilas, tout ce qu'il fallait
naguère contourner dans la fraîche caresse du
feuillage. L'avenue descendait, rectiligne, jusqu'à
la maison, qui se trouvait désormais nue et offerte
à tous. Pis encore, ils avaient goudronné géné-
reusement, jusque sous les derniers lauriers, écra-
sant les jeunes pousses d'un dur mélange de goudron noir et de cailloux blancs. Et ce n'était pas
tout : l'allée de terre menant à l'autre entrée de la
maison, allée qui serpentait, avec sa belle terre
brune, entre les oliviers — ils l'avaient goudronnée
aussi, largement, sans lésiner, si bien que tout ce
que l'on voyait, désormais, était, non plus un jardin, mais un éventail de routes grises, comme
l'abord d'une autoroute. Le charme de l'arrivée
n'existait plus. Le charme du jardin avait été violé,
irrémédiablement. Lucie regardait, ne pouvait en
croire ses yeux.

Le chauffeur ne demanda pas si c'était assez
large, ou s'il pourrait tourner : il suivit l'avenue
goudronnée, sans hésiter. Elle le paya en silence.
Elle était encore sous le choc.

Dès qu'il fut reparti, elle poussa ses valises dans un coin et remonta, à pied, mesurer l'étendue du désastre. Elle vit les tas de déchets accumulés sous ses lauriers. Elle vit, plus haut, les talus d'herbe noircis par le goudron. Elle vit ce désert d'asphalte, aux teintes froides, comme une immense tache sur sa terre. Et elle se rua chez le voisin — celui qui leur avait écrit : « Vous serez contents. »

Hélas! Il tomba des nues : l'entrepreneur lui avait affirmé que ce goudron était prévu et demandé par les propriétaires, et que, pour leur faire plaisir, l'entreprise avait même été généreuse : elle avait accru la largeur, à la mesure de ses camions, prolongé la longueur au-delà des dimensions prescrites et, tant qu'elle y était, ajouté toute la voie vers l'autre entrée. Qu'avait dit le chef de travaux? Qu'il leur faisait « une fleur » ! Hélas! Ce désastre était, donc, une aimable attention...

Que faire? Sinon attendre Jacques, qui arrivait le surlendemain? C'était lui qui avait traité avec l'entrepreneur, lui qui avait vu le chef de travaux et tout discuté. Pas très clairement, semblait-il !

Lentement, le cœur chaviré, Lucie s'en vint retrouver ses valises, abandonnées devant la maison. Elle ne s'aperçut même pas que la maison était toujours là, accueillante et vieillotte, pareille à elle-même : la maison aux abords ravagés semblait désormais morte.

*

Le soir, la nuit tombée, elle ressortit avec une lampe de poche, pour vérifier si elle n'exagérait pas. Et le fait est qu'elle eut un espoir. À la lumière faible de sa torche, les buissons paraissaient plus grands et les dimensions de la route moins agressives. Et puis l'air frais de la nuit restait ce qu'il avait toujours été — liquide, vif, vivant ; on oubliait presque la route. Et il y avait quelques étoiles, et le silence. Peut-être le malheur n'était-il pas si grave qu'elle avait cru...

Mais le lendemain matin, dans la dure lumière du jour, la grande surface morte lui sauta aux yeux, grise, dure, indiscrète.

Stupidement, elle alla chercher un instrument de jardinage et commença à s'évertuer contre les bords, arrachant un peu de goudron, recueillant de la terre ou de la pierraille blonde de l'ancien chemin, les répandant sur les bords de la nouvelle avenue, comme on jette une poignée de terre sur un cercueil, en sachant qu'il s'agit là d'un geste désespérément symbolique. Elle se fit mal. C'était dur ; des poignées de lauriers déjà coupés et pas encore morts lui restèrent entre les mains. Elle savait qu'elle n'y changerait rien : quand elle se releva enfin, le petit carré qu'elle avait tenté de recouvrir était à peine visible dans l'étendue grise. À la première pluie, il serait balayé. Lucie rentra, bien décidée à ne plus lutter. Et elle commença à ranger la maison. Mais la maison restait morte... Et le poids du chagrin demeurait aussi lourd.

C'était comme si un vrai malheur était arrivé — quelque chose qui lui ôtait toute force, lui laissant le corps raide, les yeux chauds, et la rancune au bord des lèvres.

D'ailleurs, il y avait sans doute autre chose. Car sa peine semblait en rejoindre d'autres, dont elle devenait tout ensemble le symbole et le couronnement.

On avait défiguré sa maison bien-aimée. Mais, depuis trente ans, n'avait-elle pas, avec cette maison, été de batailles en défaites, de reculs en abandons ? Les arbres — les grands pins d'autrefois — étaient morts, presque tous, les uns après les autres. Cela avait été la sécheresse, ou la pluie, le vent ou la grosse chaleur. Chacun, en disparaissant, avait ouvert une brèche, laissant les autres plus vulnérables. Quant aux champs... Hélas, les champs étaient cultivés, jadis. Eux aussi constituaient un jardin, avec des plants de légumes, encadrés de vignes. On arrosait : l'eau ne coûtait rien, dans le temps. Après quoi était venue l'époque où l'on se contentait de labourer la terre, qui alors offrait aux regards ces grosses mottes brunes, encore marquées par le soc de larges surfaces luisantes. Mais bientôt les instruments de labour s'étaient perfectionnés et agrandis : ils ne purent plus passer entre les arbres ou les bosquets ; la terre se couvrait de chiendent et de chardons, qui, l'été, séchaient pour faire un dur paillasson, hérissé de ces petits escargots blancs qui pullulent dans les cultures abandonnées.

Ils avaient essayé, Jacques et elle. Mais était-ce leur faute ? Pouvaient-ils rien au fait que leur maison, autrefois silencieuse comme un asile au bout du monde, vibrait continuellement de la rumeur lointaine, mais sauvage, de l'autoroute ? Pouvaient-ils rien au fait que la route, pour arriver chez eux, s'était peu à peu construite, se couvrant d'habitations plus ou moins collectives, aux couleurs agressives — orange, jaune citron, ou mauve ? Peu à peu la ville avait gagné, les bois avaient reculé ; il y avait eu des incendies, des permis de construire abusifs. La lèpre qui atteignait aujourd'hui son jardin venait de beaucoup plus loin.

Encore si ce n'était que cela ! Mais la vie elle-même... Ah ! elle se sentait vieillie, usée. À moins de cinquante ans, elle n'avait plus, elle le savait, la légèreté ni la confiance d'antan. Chaque fois qu'elle se baissait pour arracher ce goudron, elle sentait une petite douleur aux reins : peut-être commettait-elle une imprudence, comme celles qu'elle avait naguère reprochées à sa mère. On avait beau essayer ; on avait beau lutter contre le

vieillissement : il gagnait de façon aussi inéluc-
table que le goudron ou les HLM. Les enfants s'en
allaient. Ils prenaient d'autres goûts, d'autres
habitudes. Des musiques cacophoniques avaient
retenti, l'an passé, dans la chambre de leur fils —
bien pires, en fait, que le grondement de l'autoroute.

Peu à peu, le fait d'avoir lutté en vain lui donnait le sentiment d'avoir lutté à tort. En somme,
elle éprouvait des doutes sur la validité de ses
goûts et de ses efforts. La brusque percée de l'avenue bétonnée devenait sa condamnation.

« On verra demain », murmura-t-elle, sans véritable espoir. Et elle revint vers la maison, avec
l'allure brisée d'une vieille femme et, au cœur, le
désespoir total d'un petit enfant.

*

« On verra demain » voulait dire que l'on verrait
quoi faire lors de l'arrivée de Jacques. Après tout,
il était l'homme ; il avait négocié l'affaire, parlé au
voisin, payé la facture.

Mais l'arrivée de Jacques ne changea rien, loin
de là.

Jacques fut déçu — pas assez. Il s'étonna — un
peu trop. Il avait l'air simplement ennuyé.

— J'avais expliqué à Martin...

— Mais dans le devis ? Tu n'avais pas précisé...

Non, naturellement, il n'avait rien précisé.
Jacques était comme cela. Il faisait les choses à
moitié. Elle repensa avec colère à la déformation
que leur fils garderait au pied, à jamais, parce que
Jacques n'avait pas jugé qu'il y eût lieu, tout de
suite, d'alerter un médecin. Et voilà qu'elle lui
avait fait confiance, pour sa chère maison ! Il
n'avait rien dit, rien expliqué, rien précisé. Naturellement !

À quoi bon raconter les propos qu'ils échangèrent. Elle lui en voulait de n'avoir pas su protéger la maison. Il lui en voulait de faire un tel drame pour un peu de goudron. Elle se souvenait de griefs anciens, jusque-là oubliés. Il se souvenait d'un agacement latent, que l'habitude ne faisait qu'accroître. Ils se dominaient, étant courtois. Mais les mots sifflaient, comme malgré eux. Ils ne dépassaient pas leur pensée (oh! non : ils se surveillaient...) ; mais ces griefs lancés presque au hasard, dans un désir de défense aveugle, leur révélaient à chacun le poids d'une rancune que chaque jour avait secrètement accrue. La rancune n'est pas loin de la haine : ils le découvraient.

Tout cela pour un chemin malencontreusement goudronné ? Ou peut-être pour un peu plus.

Au fond, Lucie se rendait compte que, dans la lutte qu'elle n'avait jamais cessé de mener pour ce qu'elle aimait, il ne l'avait jamais aidée. Conciliant ? Indifférent ? Jacques, toujours, laissait faire. Il ne réfléchissait jamais à la portée de ses actes : il prenait la vie au jour le jour et ne pensait qu'à lui.

Oui, il ne pensait qu'à lui.

Et soudain elle le vit, assis là devant elle, comme si elle le découvrait : un homme lourd, dont elle connaissait tout et qui pourtant lui demeurait parfaitement étranger.

Elle avait attendu son arrivée, espérant une aide, ou au moins une consolation : folie ! Il était là, ce mari, assis bien à l'aise et les jambes écartées, sûr de lui, indifférent : il jugeait manifestement tout reproche hors de propos et tout chagrin excessif. En fait, il n'aimait pas vraiment la maison. Quand elle avait jeté, en une exagération provocatrice, qu'elle n'y reviendrait plus tant que ce goudron serait là (c'était exagéré, bien entendu, mais comment, autrement, faire comprendre à ce gros homme trop tranquille la portée de sa peine ?), il avait répondu : « Voilà qui est nouveau !

Toi qui nous traînes ici à toutes les vacances!... »
Oui : « qui nous traînes ». Il s'était trahi. Il
n'aimait pas la maison vieillotte et secrète. Il
n'aimait pas le passé. Il n'aimait rien de ce
qu'aimait Lucie. Sans doute rêvait-il de la camaraderie du Club Méditerranée, de femmes jeunes
et bronzées, de maisons de verre et d'acier...

Elle fixait son front un peu luisant, buté : elle
savait qu'au fond elle l'avait toujours agacé. Et elle
lui en voulait âprement de la rendre, en effet, agaçante. Il l'obligeait à tout forcer en ne la soutenant
jamais.

Cette fois-ci, elle avait eu besoin de lui. Et voilà
le résultat !

On aurait dit qu'elle voyait Jacques de loin, et
avec un regard de plus en plus sévère.

Cependant, elle continuait à discuter, à exagé-
rer, à vouloir briser ce calme détestable. Elle alla
jusqu'à lui proposer (et presque sérieusement, sur
le moment) de payer pour faire ôter tout ce goudron. Il haussa les épaules et répondit, avec une
vulgarité ironique : « Ça ne va pas, non ? »

La vulgarité du propos ne la surprit pas : elle
faisait partie de ce personnage qu'elle voyait
aujourd'hui si distinctement, et qui ne lui était
rien.

Alors, elle renonça. Elle fut soudain polie,
comme on l'est avec les étrangers. Elle admit
qu'elle avait parlé en l'air, que, simplement, elle
était déçue. Et, tranquillement, elle se leva,
comme si tout était réglé.

Et voilà qu'en une brusque illumination, elle
comprit ce qui se passait. Leurs relations à tous
deux étaient devenues, peu à peu, sclérosées et
pesantes — comme si une immense nappe s'était
étendue, irrésistiblement, sur leurs gestes et leurs
pensées. De là venait ce sentiment de désert, où
plus rien ne vit : une nappe noire, qui étouffe tout,
une nappe de goudron, pareille à celle qui avait,
d'un coup, ôté la vie à toute une part de son jardin.

— Je voudrais m'en aller loin d'ici, murmura-t-elle, m'en aller pour de bon...

Il ne dit rien. Il ne protesta pas. Il alluma une cigarette, comme quelqu'un qui s'apprête à attendre.

Alors, faute de pouvoir le quitter, éperdue de désolation et de lucidité, elle sortit dehors, sur la terrasse. Elle ne pouvait plus supporter, après le choc du jardin ruiné, le spectacle de ces relations figées : c'était trop.

*

La nuit était tombée. L'air était à nouveau frais et vif. Il caressa le front brûlant de Lucie comme une main affectueuse — comme la main de sa mère, quand elle était enfant et qu'elle souffrait. On entrevoyait la lune entre deux pins, à son premier quartier. Le ciel semblait lointain. Il y avait encore de par le monde de la beauté — et même ici dans son jardin torturé. La nuit panse les plaies des jardins.

Elle se laissa pénétrer par l'air froid. Elle se rendait compte que cette sombre marée du goudron qui avait envahi leur vie commune était plus grave encore que celle qui avait ruiné son jardin. Et peut-être, là du moins, lui était-il possible d'arrêter la progression du mal.

Elle aspira longuement, comme avant un grand effort.

Il fallait réagir. Il fallait percer cette masse qui pesait sur eux. Il fallait retrouver la spontanéité du passé.

On ne pouvait faire arracher le goudron dans le jardin ; mais elle savait bien qu'avec le temps, les herbes obstinées parviendraient à le conquérir, qu'il sortirait une première touffe, puis une autre et que la masse sombre peu à peu s'effriterait... Il fallait à tout prix tenter d'agir de même dans la vie.

Elle retourna vers la maison. Elle allait lui dire combien la nuit était belle et l'inviter à sortir un moment.

Mais finalement elle ne lui dit rien.

Quand elle ouvrit la porte, elle le vit assis ou plutôt affalé à lire une revue d'économie. Au regard qu'il leva vers elle, elle comprit qu'il n'avait aucune envie de sortir, que le temps de leur promenade au clair de lune était révolu et qu'elle ne parviendrait pas, ce soir, à briser ce qui les séparait.

Il faut du temps pour venir à bout du goudron.

LES SANGLIERS

Depuis votre lointaine Colombie, vous vous étonnez, ma chère Léonora, de la décision prise par mon frère Julien. Vous avez bien raison : j'en ai été moi-même plus que surpris et peu d'événements m'ont contrarié à ce point. Vous le comprendrez si je vous en dis les motifs ; et je puis le faire avec quelques détails, car j'ai été mêlé de très près à cette affaire, au moins dans toute sa première phase.

Vous savez combien Julien a toujours été un homme raisonnable, les pieds sur la terre, sans le moindre grain de folie en lui. Or il s'est conduit, en l'occurrence, comme un âne — et cela d'un bout à l'autre. Vous allez en juger ; et je pense que vous serez, comme moi, consternée. Je ne sais si vous vous rappelez comment il vivait, jusqu'à l'épisode des sangliers. À vrai dire, il vivait très bien. Il s'était acheté cette grande maison au pied du Lubéron, où il travaillait tranquillement ; il dessinait pour lui et, en plus, travaillait pour un éditeur de Valence à une série de bandes dessinées dont vous avez peut-être entendu parler : « Gill, le crabe ». Cette histoire est une idiotie et, à mon sens, il perdait là son temps ; mais enfin cela le faisait vivre ; il portait ses dessins à Valence, chaque semaine, et trouvait la vie parfaite ainsi. Il n'était d'ailleurs pas seul, il avait une maîtresse assez agréable, un peu vulgaire à mon avis, mais saine et obligeante qui travaillait dans une grande parfumerie à Valence. Parfois il allait passer quelques jours chez elle, parfois elle venait pour le weekend dans la maison du Lubéron. Ce n'était peut-être pas une vie bien excitante, ni bien utile à la société, mais c'était une vie douillette, qui lui plaisait. Pourvu qu'il eût sa tranquillité, ses dessins, le silence, il ne demandait rien de plus.

Tout allait donc pour le mieux dans le meilleur des mondes — jusqu'à l'épisode des sangliers !

Ah ! Léonora, vous n'imaginez pas la stupidité de toute cette affaire ! Il me l'a racontée peut-être vingt fois, et toujours de la même façon, je dois l'avouer ; je suis donc sûr des faits, mais les conséquences qu'il en a tirées sont telles qu'elles me révolteront, je crois, jusqu'à la fin des temps.

L'histoire est la suivante.

Tout commença par un coup de téléphone qu'il reçut un soir d'une de ses voisines. C'était une femme âgée qui vivait, le plus souvent seule, dans une assez petite maison non loin de chez lui, et qui, l'appelant de façon très inhabituelle, s'excusa de le déranger : elle voulait seulement savoir s'il était, lui aussi, importuné par les sangliers. Bon ! Dans le Lubéron, les sangliers sont chose assez commune ; on en voit parfois un qui coupe un chemin dans la journée, on voit leurs traces dans les collines et souvent, la nuit, ils font quelques dégâts dans les jardins. Mais ce qu'on ne voit jamais, c'est la présence de sangliers qui viennent, en plein jour, autour des maisons et que l'on ne peut déloger. Or la bonne dame prétendait avoir chez elle des sangliers — six, ou sept, elle ne savait pas exactement leur nombre — qui ne cessaient de venir dans son jardin, en plein jour, se rapprochant tout contre la maison et résistant obstinément à ses efforts pour les chasser. Ils sacca-

geaient le jardin, renversaient les pots, reniflaient
à droite ou à gauche, mais elle avait beau faire du
bruit et taper contre son volet, ils ne s'en allaient
pas. Elle expliqua qu'elle n'osait même plus sortir
de chez elle, n'étant plus très ingambe, et qu'elle se
demandait ce qu'il en était des maisons voisines.
Mon frère s'étonna, dit qu'il n'avait rien remarqué,
offrit sa pitié et même son aide ; il lui demanda s'il
pouvait faire des courses pour elle : elle répondit,
timide, la voix un peu chevrotante, mais s'obli-
geant à faire bonne figure : « Oh, non ! Vous êtes
très aimable, cela ne durera certainement pas. Ils
partiront ! C'est seulement, voyez-vous, que c'est
un peu agaçant : ils restent là à me regarder...
comme des juges ! » Julien fut frappé de l'expression qui lui parut singulièrement impropre : et, en
effet, quel rapport entre ces bêtes encombrantes et
des juges ? La comparaison était pour le moins
inattendue ! Mais il ne s'inquiéta pas : il avait
offert ses services, ceci avait été refusé : bon ! très
bien ! Affaire classée.

Il m'affirme qu'il n'y pensa plus. Mais, le surlendemain, vers sept heures du soir, comme il
s'apprêtait à aller fumer une cigarette dehors,
dans la fraîcheur du soir, il eut une surprise. Il
avait bien travaillé, il était content, il respirait déjà
avec joie l'odeur des plantes libérées de la chaleur
du jour. Il allait sortir sur le grand terre-plein qui
prolonge sur la gauche sa maison quand soudain
il s'immobilisa, saisi. Devant lui cette grande étendue était déjà un peu noyée de brume ; mais il y
vit, de façon distincte, comme il l'a toujours précisé, des masses noires qui s'avançaient vers lui,
en silence. Ce fut un choc, d'autant plus sensible
que la brume du soir qui commençait à tomber
donnait à ce spectacle un air de mystère un peu
fantomatique. Mais il vit — il en était certain et ne
voulut jamais en démordre —, il vit, de façon
nette, tout un groupe de bêtes, lourdes et lentes,

qui sortaient de cette brume et avançaient, d'un pas mesuré mais sûr, vers lui. Ces animaux étaient répartis comme selon un ordre stratégique, trop régulier pour des bêtes sauvages : il y en avait trois au premier rang, parallèles, puis un peu en arrière deux autres et encore en arrière deux ou trois et — peut-être, au-delà — d'autres qu'il ne distinguait pas parfaitement. Tous semblaient avancer du même pas, très lent, tous semblaient décidés, lourds, implacables. Julien n'avait jamais rien vu de semblable ; il leva le bras, surpris et s'écria : « Mais qu'est-ce que ?... » À son apparition et à ce bruit, les bêtes s'arrêtèrent. Elles ne s'arrêtèrent pas à des ordres, dans un élan de frayeur : simplement, elles cessèrent d'avancer ; elles étaient immobiles, menaçantes, et le fixaient dans un silence de mauvais augure.

« Et je suis resté là un instant, me dit-il, pétrifié. Ce n'est pas que j'aie si peur des sangliers, bien entendu, mais la scène n'était pas normale ; il y avait quelque chose de troublant dans le comportement de ces bêtes, dans leur présence, dans leur silence, dans leur ordre redoutable. C'était si étrange que mon cœur soudain a fait un saut comme si j'assistais à une sorte d'apparition diabolique. J'ai eu peur, je l'avoue ; et je suis vite rentré dans la maison, afin de pouvoir, sans les affronter, leur faire peur à mon tour. Je suis monté à la chambre du premier qui donne sur le terre-plein. Et de là, bien protégé, je les ai interpellés violemment, je les ai injuriés, je leur ai crié de partir, je les ai suppliés de partir, je les ai menacés... »

Il fallait l'entendre raconter cela (je vous l'ai dit, Léonora, il me l'a bien raconté vingt fois) : à chaque fois son souffle se pressait, ses mots se culbutaient dans une hâte qui ne trahissait pas seulement l'appréhension, mais une sorte de frayeur panique. Chose curieuse, il en percevait

lui-même l'exagération ; mais, au lieu de le rassurer, la conscience qu'il en avait ajoutait encore à
son désarroi. Il se voyait lui, l'homme dans la
force de l'âge, et en pleine santé, là, dans sa maison, bien à l'abri, occupé à insulter des bêtes qui
ne pouvaient rien contre lui. Il se voyait faisant ce
bruit inutile, criant ces mots inutiles et il avait
conscience de son propre ridicule ; mais cela ne
calmait en rien son angoisse : au contraire. Quelque chose en lui s'effarait, demandant à la fois :
« Mais qu'est-ce que c'est ? Qu'est-ce qu'ils font ? »
et « Mais qu'est-ce que j'ai ? Qu'est-ce qui me
prend ? ». Dans un geste désespéré il fit claquer le
volet avec fracas contre le mur et il regarda : les
bêtes, ensemble, levèrent la tête vers la fenêtre où
il se tenait et le regardèrent fixement. Il ne voyait
pas leurs yeux mais il voyait leurs mufles dressés
tous ensemble vers lui, attentifs et ne trahissant
pas la moindre peur. On aurait dit qu'ils attendaient, qu'ils guettaient ; et la comparaison sur-
prenante de la vieille dame lui revint en mémoire :
« comme des juges ». Cette comparaison était
absurde, sans doute, mais elle correspondait au
sentiment oppressant qui se dégageait de cette
scène, de plus en plus noyée dans la brume du
soir : pendant qu'il s'agitait vainement, les bêtes
étaient là, pesamment plantées sur le sol, qui
l'observaient, qui attendaient, comme on guette
un coupable qui va se trahir. L'un des sangliers du
fond s'avança de quelques pas, se joignant à la
seconde rangée ; un autre, un gros du premier
rang, fit entendre des reniflements et des ronfle-
ments suggérant une menace véritablement bes-
tiale. Cela stimula Julien tout à coup : pour mettre
fin à ce spectacle troublant, il descendit, s'arma
d'une casserole et de pincettes, décidé à faire du
vacarme, à faire peur à son tour et, le cœur battant, impatient, furieux, il sortit, franchit la porte,
gagna le terre-plein. Le terre-plein était vide.

Absolument vide de toute présence, de tout bruit, de tout mouvement. Il prit sur lui d'avancer de deux ou trois pas pour mieux voir; les buissons sur les côtés ne bougèrent pas; aucune réaction, aucun ronflement, aucune branche cassée nulle part : les sangliers n'étaient plus là.

En un sens tout rentrait dans l'ordre : car ce qui l'avait effrayé n'était pas la présence de ces animaux, mais l'obstination de cette présence et la bizarrerie de leur attitude. Ils étaient partis : tout redevenait normal. Il se dit seulement qu'il avait été un sot, à son âge, de s'effrayer pour si peu. Et il mit cette frayeur sur le compte de la vieille dame dont l'effroi avait déteint sur lui. De nouveau il pensa : « Bon! Très bien. Affaire classée. » Il rentra dans la maison, se versa un bon whisky et chassa délibérément l'épisode de son esprit. Il y réussit d'autant mieux qu'il devait dès le lendemain partir pour Valence. Il le fit, et prolongea même son séjour qui dura une bonne dizaine de jours.

Seulement voilà : quand il revint, il y avait du nouveau au village. On avait trouvé la vieille dame morte chez elle. Aucun signe de violence, aucune trace d'empoisonnement, aucune effraction. Son téléphone était en dérangement; mais cela arrive assez souvent. Elle pouvait avoir eu un arrêt cardiaque. Une autre hypothèse était qu'elle s'était tout simplement laissée mourir de faim. On ne trouva, en effet, dans la maison ni provisions d'aucune sorte, ni trace de repas ni même déchets de nourriture, rien. Il y eut une brève enquête, mais assez sommaire : il semblait évident qu'elle avait cédé au découragement dû à l'âge, et à la fatigue.

Quand il apprit ces faits, mon bon frère crut de son devoir d'aller raconter l'étrange coup de téléphone qu'il avait reçu et la frayeur qu'avait éprouvée la vieille dame à cause des sangliers. Pour faire bonne mesure, il raconta même l'étrange présence des sangliers chez lui et l'impression désagréable qu'il en avait retirée un ou deux jours après. Le juge et le garde-champêtre accueillirent ce témoignage sans plaisir : cela ne changeait rien aux faits, et cela suggérait que la municipalité ne protégeait pas comme il faut ses administrés des incursions de bêtes aussi malfaisantes. Le garde-champêtre alla même chez mon frère, afin de voir le lieu de la scène. C'est un homme du pays qui a l'habitude des sangliers, et qui était extrêmement sceptique à l'égard de l'histoire qu'était venu leur conter mon frère. Il voulut même voir l'endroit, et mon frère le mena sur le terre-plein expliquant, avec des gestes : « Vous voyez, ils étaient là, tous. Ils avançaient, en ordre. Ils me regardaient. Ils me regardaient sans cesse. Ils attendaient. C'était terrible, justement : de les voir ainsi attendre. » Il est clair qu'en revivant la scène et en la racontant, il revivait aussi l'émotion qu'elle lui avait inspirée. Il parlait vite, il s'excitait; et le garde-champêtre n'en était pas bien impressionné. Il demanda à mon frère pour le calmer : « Et combien y en avait-il ? » Mon frère se laissa entraîner : « Ils étaient nombreux, vous savez : trois puis deux, cela fait au moins sept, peut-être dix, je ne voyais pas bien ceux du fond... » C'était là une remarque malheureuse, dont le garde-champêtre sut profiter : « Ah, on ne voyait plus très clair ? » Mon frère protesta : « On ne voyait plus très clair, mais je voyais parfaitement les premiers, je distinguais leur forme, leur mouvement, sans aucun doute ! » Le garde-champêtre demanda : « Vous avez une bonne vue ? » Mon frère se récria : « Mais enfin, je suis dessinateur ! C'est mon métier d'avoir une bonne vue ! Je les ai vus, ils étaient là et ils étaient tellement silencieux, à guetter, à attendre... » Inutile de le dire : le garde-champêtre ne fut pas convaincu. Il fut réservé et il suggéra que mon frère s'était trompé, qu'il n'y avait dans son jardin aucune trace de désordre apportée par des sangliers, que dans aucune maison du village on n'avait signalé de semblable rencontre, que sa description était tout à fait inhabituelle, et que sans doute il vaudrait mieux ne pas en tenir compte.

Mon frère fût exaspéré. Il resta cependant courtois ; mais il se sentit, à partir de là, un peu écrasé par cette impression de ne pas pouvoir convaincre les autres de ce qu'il avait vécu et de ce qu'il savait pertinemment. On refusait de le croire ; on refusait de comprendre ; on lui refusait sa défense.

Et pourtant, bon Dieu ! Il les avait vus, ces sangliers. En revivant la scène avec le garde-champêtre, il en avait retrouvé tous les détails, si bizarres, si impressionnants. Il pouvait croire au caractère irréel, imaginaire de bien des choses ; mais il ne pouvait croire au caractère imaginaire de la scène des sangliers. Il les voyait encore. On n'invente pas des choses pareilles !

Et puis, par moments, un doute le traversait ; et il se disait tout à coup que si, vraiment, il avait inventé une telle scène, la situation était alors encore pire. Il n'était pas fou, que diable ! Cette terreur glacée qui s'était emparée de lui, d'où serait-elle venue, dans ce cas ? Si elle était sortie de lui-même, de sa propre substance, créée à partir de rien, à quelle horreur intérieure correspondait-elle ? À quelle faute ? Pourquoi ? Quand ?

La vieille dame avait dit : « comme des juges » ; et voilà qu'il comprenait dans toute sa force cette formule bizarre. Il avait eu peur, anormalement peur. Et cette frayeur disproportionnée — il le comprenait à présent — semblait cacher en elle cette peur d'être jugé, d'être puni, d'être condamné, dont chacun connaît l'amère saveur. Il était comme un écolier convoqué chez le surveillant ou le proviseur et qui a conscience d'être en faute, sans savoir encore exactement ce qui lui sera reproché. Craindre d'être jugé implique le sentiment d'une culpabilité. Sur le moment, il avait trouvé sa terreur un peu ridicule : à présent il lui découvrait un sens et des prolongements imprévus. Sa réaction avait été bizarre et inexplicable ; mais il y a toujours une explication à l'inexplicable. Même si les sangliers avaient vraiment été là, là où il les avait vus, silencieux et menaçants, ce n'était pas d'eux qu'il avait eu peur, mais de ce qui, en lui, faisait écho à leur menace.

Et si toute la scène n'avait été qu'un rêve, comme on voulait le lui faire croire, s'il n'y avait pas eu de sangliers, s'il avait tout imaginé, alors une telle imagination révélait en lui plus qu'un doute : le sentiment secret d'une expiation nécessaire.

Et pourtant l'idée le choquait. Avait-il vraiment craint un verdict qui, de façon justifiée, porterait contre lui condamnation ? Il revivait sa frayeur d'alors et ne reconnaissait pas cette culpabilité. Les juges, auxquels avait pensé la vieille dame, et dont l'idée l'avait lui-même hanté, n'étaient point des juges équitables, prêts à porter un jugement justifié : il s'agissait de juges sourds, aveugles, refusant de l'entendre et de le comprendre ; il s'agissait de juges auprès de qui on ne pouvait pas plaider, à qui l'on ne pouvait pas parler, à qui l'on était incapable de prouver son innocence.

L'atmosphère avait été celle d'un procès à la Kafka, dans lequel on est accusé, mais condamné d'avance. Et le seul rapport des sangliers avec des juges était l'impossibilité de se faire entendre d'eux. Il se revoyait à sa fenêtre, hurlant des mots inutiles à ces êtres qui ne pouvaient en rien les comprendre ; et la rage qu'il en avait éprouvée était celle de l'homme qui ne peut faire reconnaître une innocence pourtant indiscutable. Il n'avait pas eu le sentiment d'une faute ; mais d'une imminente condamnation. Il n'avait pas été

le coupable, mais la victime, la victime impuis-
sante.

Puis, l'instant d'après, il se cherchait une culpabilité secrète et tremblait à l'idée qu'elle pût exister. Les deux sortes d'angoisse se rejoignaient en
lui, se succédant avec violence, comme des lames
de fond qui l'auraient jeté dans un sens, puis dans
un autre. Les deux sentiments avaient pourtant
ceci de commun qu'ils le tournaient, anxieux, vers
un passé qui lui semblait soudain mis en question,
à son insu, et sans qu'il comprît pourquoi. Après
tout, les juges n'avaient pas dit quel était le chef
d'accusation.

Je crois comprendre assez bien ces moments
d'angoisse et ces heures difficiles par lesquelles
passa mon pauvre frère. Pour moi, il y a dans tout
cela une nervosité d'assez mauvais aloi. Mais,
vous savez, chère Léonora, quand on commence à
s'énerver ainsi, jusqu'où peuvent vous entraîner
vos fantasmes ! Julien fit la seule chose raisonnable qu'il eût pu faire : il téléphona à son amie,
cette Solange, de venir et de venir tout de suite
pour quelques jours : il avait vraiment besoin
d'elle. Solange fit quelques façons, car elle n'était
pas normalement libre au milieu de la semaine et
elle ne comprenait pas très bien la hâte qui soudain s'était emparée de mon frère. Il lui avait bien
raconté, lorsqu'il était allé à Valence, l'histoire des
sangliers ; mais c'était en ville, avant la mort de la
vieille dame, avant les problèmes avec le garde-
champêtre ; et l'histoire lui avait semblé plutôt
comique : elle lui avait dit qu'il avait rêvé et voilà
tout. Si maintenant il lui fallait prendre un congé
à cause de cette histoire de sangliers, cela ne la
mettait pas de bonne humeur : on la comprend !

Elle vint néanmoins et cela ne se passa pas très
bien. Elle prit les choses avec légèreté, se moqua,
plaisanta ; mais cette légèreté était trop grande —
elle n'apaisa pas Julien : elle l'agaça. En fait,

Solange ne croyait pas du tout à la réalité des sangliers ; elle sembla à chaque instant suggérer qu'il avait eu des visions ; elle l'interrogea sur les médicaments qu'il prenait, les calmants ou les euphorisants : cette façon de le traiter en malade n'arrangea pas les choses. Puis elle alla plus loin et lui reprocha de vivre ainsi dans une maison isolée, tout seul, où il s'inventait mille histoires : s'il ne vivait pas seul, il ne pourrait pas ainsi se complaire dans ses fantasmes. Il y avait là une façon de vivre malsaine et anormale : l'attention de Julien fut alertée par ces mots ; il pensa qu'une fois encore elle cherchait le mariage et je vois d'ici la façon dont il se referma, mécontent. Cette réaction n'était pas pour plaire à la jeune femme, qui aussitôt insista. Elle lui dit qu'il n'était pas normal pour un homme de son âge de vivre seul et de n'avoir jamais été marié ; qu'il y avait là de l'égoïsme ou un refus de la vie et qu'il en payait maintenant le prix. Cette phrase malheureuse renvoya Julien au seul souvenir de sa vie où il avait failli se marier, où il avait vraiment connu l'amour, et où il l'avait laissé passer ; il en avait sans doute eu des regrets ensuite, peut-être du remords. Mais ce n'était vraiment pas le moment de chercher dans son passé des causes d'anxiété supplémentaires. Et si cette petite Solange n'avait pas été aussi sotte, elle aurait compris qu'on ne dit pas de telles choses à un homme qui est en proie à l'angoisse. Elle aurait dû tout lui offrir, sauf la suggestion d'une faute à remâcher et d'une inquiétude périmée, relative à son passé. Bref, elle fut maladroite, maladroite et désagréable ; et ce nouvel échec contribua à renforcer chez mon pauvre frère l'impression qu'il ne pouvait se faire entendre, qu'il était condamné à l'avance et exclu.

Il me parla à diverses reprises de cette rencontre manquée (qui fut la dernière entre eux) ; il finit par me dire dans un gémissement presque enfantin :

— Je n'ai même pas pu faire l'amour avec elle, pas une fois.

— Cela arrive, hasardai-je.

Mais il sursauta :

— Bien sûr ! Tu me prends pour un innocent ? Mais je veux dire que je ne pouvais pas parce que je ne pouvais plus me rapprocher ni d'elle ni de personne. J'étais comme rejeté et loin de tout, avec mon problème. Cela me donnait l'impression d'une marque inexplicable et comme d'une souillure, qu'on me jugeait, qu'on ne me comprenait pas, et qu'on avait raison parce que sans doute dans ma vie il y avait eu cette inconscience, cette irresponsabilité, ce terrible manque d'amour qui m'avait perdu.

Bref, ma bonne Léonora : il avait complètement perdu la tête. J'ai appris tout cela plusieurs semaines après, quand il vint me dire qu'il songeait à vendre la maison — cette maison qui lui avait été si chère et qu'il avait conquise avec tant de peine. Je me récriai et lui conseillai plutôt de voyager. Il eut l'air d'hésiter. Il était comme un homme qui n'a plus de volonté, qui va accepter n'importe quoi dans une sorte de doute total et de désespoir tranquille. De fait, il accepta mon conseil ; il partit pour l'Italie.

Il n'en attendait pas grand-chose, que d'oublier et de se retrouver lui-même. Mais là je ne sais plus exactement comment les choses se passèrent. Notre dernière grande conversation précéda son départ ; après, je n'ai plus que des faits. Je sais qu'il rencontra à Modène un prêtre, avec qui il se lia d'une certaine amitié et à qui il parla avec confiance. Je sais que de retour en France il le revit à plusieurs reprises. Parlèrent-ils des sangliers ? C'est plus que probable ! Mais ce prêtre dut trouver quelque chose à répondre à son angoisse : mon frère fit plusieurs retraites, dont il ne me dit pas un mot. Et puis, un beau jour, six mois après environ, il m'annonça sa décision d'entrer dans les ordres.

Oui, Léonora, ma chère! Oui! C'est à cause d'une hypothétique visite de sangliers et d'une stupide métaphore lâchée par une vieille dame un peu toquée que mon frère a perdu la tête et a fini par prendre une telle décision! Ruiner sa vie, couper tout, renoncer à tout à cause de la comparaison lâchée par une vieille folle. Jamais je n'ai vu pareille sottise. Et vous le devinez: j'en ai eu le cœur déchiré. J'ai pensé à ce qu'auraient souffert mes parents. Et je m'en suis voulu de n'avoir pas su enrayer ce désastre. Je vous ai tout dit comme je l'ai moi-même appris. Je dois toutefois ajouter, pour être honnête, que je l'ai à présent revu, ce moine! Eh bien! Je l'avoue, il a l'air parfaitement heureux! Ce crétin! Il a l'air gai!...

Et même, un jour, lors de la vente de la maison du Lubéron, comme j'y avais trouvé de terribles lavis, où il avait représenté l'impression de ces bêtes noires surgissant dans un brouillard gris, je les lui ai apportés au couvent et je lui ai demandé:

— Cela te rappelle quelque chose?

Il a regardé la feuille avec une sorte d'indulgence et a dit:

— Que veux-tu, tout peut devenir avertissement dans la vie et il y a tant de choses étonnantes dans la réalité du monde...

Et cet idiot-là, Léonora, il avait l'air ravi! À dire vrai, il rayonnait.

C'est quand même étrange, ne trouvez-vous pas?

LE CAILLOU DANS LA MARE

— Allô! C'est vous Madame Darrinet?

La voix était rauque, étouffée, inquiétante.
Simone, déjà sur la défensive, demanda :

— Qui parle?

— Je vous demande si c'est vous! Si c'est vous,
Simone!

— Mais qui donc...?

— Vous découvrirez bientôt qui je suis. Et aussi
ce que j'ai à vous dire, qui ne vous plaira pas...

— Alors, je raccroche...

Mais l'autre avait déjà raccroché.

*

Simone resta comme frissonnante : il lui semblait avoir été en contact avec quelque chose de
laid et de dangereux. Or, elle n'en avait pas l'habitude. Sa vie était sereine, en ordre. Elle en était
même fière, car elle l'avait voulue telle et avait
réussi. Jamais encore elle n'avait eu l'occasion
d'entendre une voix comme celle-là — cassée et
chargée de haine.

Cela fait comme une ride sur l'eau, qui inquiète;
et l'on retient son souffle, parce que c'est une
impression neuve qui ne devrait pas être.

Mais, vite, on la recouvre. Cet appel venait d'une

folle, sans aucun doute. Ou bien c'était une mauvaise farce, des gens stupides, appelant n'importe qui, au hasard de l'annuaire...

Oui, mais...

La femme l'avait appelée Simone ! Cette familiarité était cuisante : elle était aussi alarmante. Car enfin, ni l'annuaire, ni le Minitel, ne donnent ainsi les prénoms. Celui du mari, au plus. Mais la voix avait dit « Simone ».

Simone, c'était elle. Elle, depuis toujours. Elle, dans son clair salon du quartier des Ternes. Elle, droit au cœur !...

Elle se redressa. Et puis après ?... Quelqu'un avait appris son prénom, la belle affaire ! Quelqu'un de mal intentionné, mais qui n'avait proféré aucune menace précise : une personne insolente, sans plus.

Simone se secoua, comme pour chasser loin d'elle quelque chose de sale. Peut-être tout s'arrêterait-il là...

La voix pourtant avait dit « bientôt » ; et, tout en rejetant cette idée, Simone sentait la menace devant elle, oppressante.

Elle alla jeter un coup d'œil au grand miroir du bureau, et elle reconnut avec plaisir son allure de femme respectée, son casque de cheveux blonds, bien coiffés, et le classique collier de perles sur le chandail de cachemire sombre : elle n'était pas une femme que menacent des voix anonymes, et encore moins une femme que de tels incidents peuvent atteindre.

— Sottise ! murmura-t-elle.

Mais l'attente était entrée en elle, malgré tout.

*

Le second appel survint dans l'après-midi. La même voix, avec un ton plus marqué de gouaille et d'hostilité.

— Bonsoir, Simone Darrinet ! Bonsoir, ma belle !

— C'est encore vous ! Que voulez-vous ?

— Vous le saurez. Demandez à votre mari ; parlez-lui de la Tour Eiffel : il devinera, lui !

— Non !... commença Simone.

Mais la femme n'entendit pas ce « non » : elle avait raccroché.

*

Mais ce « non » résonna longtemps aux oreilles de Simone et lui fit honte. Ce n'était pas le « non » énergique et impérieux qu'elle eût voulu lancer : elle n'entendait que trop la note de frayeur, presque de supplication, qu'elle y avait mise malgré elle. En fait, elle avait voulu dire : « Non, ne raccrochez pas tout de suite : expliquez-vous » ; mais cela avait paru dire : « Non, s'il vous plaît, ne me traitez pas ainsi ! » Et, du coup, Simone se mit à avoir effectivement peur.

Une ride sur l'eau en amène une autre ; des feuilles bougent, à la surface ; ce n'est qu'un léger remous ; mais qu'y a-t-il au fond ? Qu'y a-t-il qui bouge ?

À vrai dire, encore rien ! L'allusion à André n'était que trop claire : elle sentait le mauvais vaudeville. Le mari infidèle pris dans un réseau de petites intrigues, la maîtresse jalouse, qui voudrait consolider sa situation en semant le désordre dans un ménage...

Oui, c'était un air connu ; et sa banalité même le rendait plus offensant. Mais, curieusement, Simone ne parvenait pas à y croire. André pouvait l'avoir trompée, bien entendu. Mais, avec sa prudence bourgeoise et sa jovialité, il n'était pas homme à se laisser entraîner dans ces aventures compliquées. Cela ne lui allait pas. S'il l'avait trompée...

Simone eut un geste d'irritation : voilà bien les pensées à quoi cette voix vulgaire l'entraînait ! En treize ans de mariage, s'était-elle jamais posé cette question ? Naïveté, peut-être ! Mais aussi dignité. Et puis André... Non, André était discret, soucieux des formes, sans grande imagination ni grande exigence.

Simone rit toute seule, tout bas. Elle ne pouvait imaginer le bon André engagé dans des aventures menant à ces appels anonymes de si mauvais goût. Non, le pauvre !...

Aussi fut-elle très paisible toute l'après-midi. C'est à peine si cette sécurité voulue trahissait un vague besoin d'autodéfense — comme si elle eût voulu, dans chaque geste, s'affirmer elle-même devant d'invisibles témoins et nier la possibilité d'être effleurée par de tels soupçons.

Il y a très peu de différence entre se montrer paisible et se montrer paisible-quand-même ! Elle savait pourtant bien elle-même que la nuance était réelle, et indéniable.

*

Le soir, elle ne fit même pas tout de suite allusion aux fameux coups de téléphone. Elle attendit la fin du dîner, et, tranquillement, raconta à André, mot pour mot, les deux conversations.

André sembla d'abord ahuri.

— Quoi ? La Tour Eiffel ? Et elle a dit que je devinerais ?

Sa surprise rassura Simone et l'amusa :

— Et tu ne devines pas, semble-t-il ?

Elle s'attendait à le voir rire de cet absurde mélodrame. Mais il insista :

— Que t'a-t-elle dit exactement ? Répète, veux-tu ?

Simone répéta tout, puis ajouta :

— C'est une folle, évidemment.

— Évidemment !

Mais André s'était levé. Il semblait furieux. Il se mit à arpenter la pièce à grands pas, avec une irritation mal réprimée.

— Bien sûr, une folle. Mais il est intolérable d'être ainsi dérangé par des fous ! On n'est pas protégé ! Tu aurais pu croire n'importe quoi !

Il eut un regard de côté, glissant :

— Je sais bien que tu es une femme intelligente ; mais...

Il s'arrêta.

— On nous voulait du mal !

Simone ne dit rien. Elle était déroutée de le voir en proie à une colère si vive. S'il s'agissait d'une folle, ou d'une simple farce, cette colère était excessive. Il croyait donc à autre chose de plus sérieux. Et surtout, dans ses paroles trop fortes et ses mouvements trop brusques, elle qui le connaissait si bien ne pouvait s'y tromper : il avait peur de quelque chose.

— Qui ? Qui ? répéta-t-il très fort, les yeux un peu exorbités.

Il allait et venait, comme un animal en cage, s'énervant de plus en plus.

— Qui ? répéta-t-il encore.

On touchait au mélodrame. Bien qu'elle jugeât cette excitation fort suspecte, Simone voulut au moins ramener le ton juste. Elle fit semblant de chercher ; et même, prise au jeu, chercha pour de bon. Elle passa en revue les commerçants, les voisins. Sans y croire, elle suggéra :

— Quelqu'un qui s'est cru lésé ? Peut-être la femme à qui nous avons refusé la chambre d'en haut ?

Beaucoup trop vite, André se détendit et abonda dans ce sens. « Mais oui ! », « Mais c'est certain », « Cette Maghrébine ! », « Je savais qu'elle nous ferait des histoires »...

— Mais... commença Simone. Et la Tour Eiffel ?

Il haussa les épaules :

— Ces gens-là disent n'importe quoi! La Tour Eiffel, tu penses! Pourquoi pas l'obélisque? Ou la mosquée? Je suis sûr que c'est elle. Tu n'as pas reconnu sa voix?

— Non...

Cette fois encore, il en faisait trop. Ou bien l'affaire de l'Algérienne avait été pire qu'elle n'avait cru, ou bien il se jetait sur cette hypothèse parce qu'il voulait ainsi en tenir une autre à l'écart.

Au moment où ils éteignaient les lampes du salon, elle demanda soudain, sans avoir prévu sa propre question :

— Tu es sûr que ce n'est pas une histoire de femmes? De toi avec une femme?

Il vidait un cendrier et se redressa, l'air vraiment surpris :

— Cela, je peux te le jurer, dit-il.

Il avait l'air d'un collégien : elle en fut gênée pour lui ; mais elle le crut.

Restait l'hypothèse de l'Algérienne. Et, sans pouvoir dire pourquoi, Simone répugnait à l'envisager.

*

Il le fallait, pourtant. Elle ne croyait guère que ce fût là l'origine de l'appel téléphonique. Mais un autre aiguillon existait, et une autre raison d'y penser. Car on n'aime jamais, quand on est fier de sa vie, admettre que l'on a causé du tort à quelqu'un — un tort qui justifierait ces traînées de haine.

Avaient-ils vraiment maltraité cette femme? Avaient-ils été durs et injustes envers une pauvre réfugiée sans secours? André, aussitôt l'hypothèse lancée, avait multiplié les remarques offensantes sur « ces gens-là ». Simone en avait été choquée.

Mais peut-être déjà, sur le moment, l'avaient-ils écartée au nom des mêmes préjugés, et avec la même injustice.

Le matin suivant, dès qu'André fut parti au bureau, Simone sentit ses pensées rôder, tourner, revenir vers cette femme, entrevue des mois plus tôt. Elle se souvenait d'une personne peu attirante, gémissante, la voix aigre, portant des vêtements pesants et pas très propres. Elle avait été abandonnée par son mari, avec deux enfants. Elle avait l'insistance indiscrète des quêteurs et une allure de chien battu. André avait été ferme : cette femme ne paierait jamais le moindre loyer, et la chambre d'en haut serait bientôt un asile pour une foule de cousins ou de frères, plus ou moins inquiétants. Il avait atermoyé ; puis la femme était revenue ; il l'avait reçue seul, et avait eu, selon ses dires, un entretien « pénible, mais définitif ».

Simone alors ne s'était pas assez méfiée ! André avait dû parler sur ce ton de rude xénophobie, qu'il avait retrouvé la veille au soir. Il avait dû être brutal. Il pouvait être brutal.

Se représenter cette scène était un nouveau malaise, un nouveau doute. Elle ne s'était encore jamais dit qu'il était brutal. Et voilà que sa confiance dérapait, que sa solidarité s'évanouissait.

Sans doute André avait-il été incapable d'imaginer ce qu'une réfugiée, toute seule, perdue, et parlant mal le français, pouvait ressentir. Cette femme devait souhaiter passionnément obtenir cette chambre. Elle devait être abreuvée d'humiliations, simplement parce qu'elle était seule et différente. André avait probablement été arrogant. Il l'était parfois. Et elle, Simone, n'avait rien fait pour lui ouvrir les yeux et pour l'avertir.

Même si cette femme n'était pour rien dans l'appel anonyme, elle représentait une faute à leur compte, qui rendait légitime ce genre d'appel, quelle qu'en fût l'origine.

Simone détestait cette pensée. Elle se dit qu'elle devait faire quelque chose, n'importe quoi, pour réparer. Elle chercha dans l'agenda, retrouva par miracle l'adresse qu'avait donnée la femme — un foyer d'aide aux réfugiés, dans le XXe arrondissement. Elle copia l'adresse. À présent, la femme aux lourds vêtements et à la voix geignarde devenait comme un prototype connu. Elle se confondait avec les images de mères en proie à la souffrance, et évoquait même, pour Simone, vaguement, à l'arrière de sa conscience, la figure de la mère du Christ, symbole de tant d'autres douleurs, indéfiniment répétées. Sans que les raisons en fussent claires, l'Algérienne devenait sacrée. Elle devenait celle qu'il eût fallu aider et aimer.

Née d'une menace vague au téléphone fleurissait soudain l'inquiétude du remords.

André ne rentrait pas déjeuner : elle alla donc dans le XXe. On y avait perdu la trace de la femme qui n'était pas revenue depuis un certain temps. Mais Simone en vit d'autres, qui attendaient, sans impatience, passives et mornes. Elle leur parla, un peu. Elle caressa des joues d'enfants aux yeux brillants et aux manières déjà rogues. Elle laissa de l'argent — beaucoup plus d'argent que n'en eût rapporté le loyer de la chambre. Elle était honteuse de son élégance, honteuse de son argent, mal à l'aise et — contrairement à son habitude — gauche, jusque dans ses manières.

En sortant de là, elle alla dans un café assez peu reluisant, commanda un espresso, et s'enfonça dans l'anonymat que lui conférait ce monde inhabituel. Elle n'avait pas bonne conscience ; mais elle éprouvait surtout un désir intense de se désolidariser d'André.

Car de lui venait l'égoïsme, de lui l'incompréhension : il en portait la responsabilité. Et pas seulement pour cette femme : depuis toujours, il avait exercé sur elle cette influence néfaste qui l'avait aveuglée. Il l'avait amenée, avec ses airs bon enfant et son étroitesse d'esprit, à devenir ce qu'elle était : une bourgeoise au cœur sec dans son bel appartement bien en ordre, fière de son opulence et avare de contacts humains.

Jamais elle n'avait connu une pareille expérience. Et elle ne pourrait même pas lui en parler : il ne comprendrait pas.

*

Pourtant la rancune l'emporta : dès qu'il rentra, elle lui dit tout. Elle s'était muée en accusatrice. Elle décrivit la tristesse de l'endroit, la morne douleur de ces êtres sans feu ni lieu, le reproche vivant de leurs regards.

Il fut agacé, mais sans plus. Il remarqua, très supérieur :

— Écoute, nous ne sommes pas chargés de réparer tous les malheurs du monde !

Elle ne répondit pas. Elle reconnaissait la phrase ; elle reconnaissait l'égoïsme — quelque part, en elle, avaient été comptabilisées à son insu d'autres petites mesquineries — comme le jour où il avait refusé de prêter la maison de Bretagne à Louise pour sa convalescence, ou bien comme sa manière de trouver prétexte après prétexte pour ne pas aller voir son beau-père, à l'époque de sa première attaque. Comme la petite sonnette aigrelette de l'appareil enregistreur qui annonce l'addition faite et l'ouverture du tiroir-caisse, une sonnette retentissait en elle : voilà ce qu'était André.

Du reste, l'indifférence qu'il affichait n'était ni feinte, ni suspecte.

— Laisse donc tomber cette histoire, dépourvue de tout intérêt. La femme n'a même pas rappelé. Ces choses-là arrivent tous les jours.

Simone le regardait : quand l'esprit commence à

juger, il ne s'arrête plus : il enregistre, il note, il contrôle. Or elle voyait bien qu'André, si inquiet la veille, n'était plus le même aujourd'hui. Il avait montré trop d'angoisse et montrait à présent trop de tranquillité.

— Comment es-tu si certain ?

— Je le suis, cela suffit.

— Mais, hier...

— Eh bien, hier, tu m'avais inquiété. Si nous parlions d'autre chose ?

Simone se prit la tête entre les mains :

— Tu me caches quelque chose ! Je ne pourrais pas parler d'autre chose. Pourquoi avais-tu peur, hier ? Tu avais plus peur que moi. Je le sais ! Je le sens !

Elle releva sur lui un regard si anxieux qu'il aurait voulu s'enfuir. Et, de mauvaise grâce, quoique sans mauvaise conscience, il finit par lui avouer la vérité.

Il s'agissait d'argent. Naturellement ! Elle aurait dû s'en douter : de nos jours, il s'agit toujours d'argent. Qui avait songé à des aventures ? Elle en avait écarté l'idée tout de suite : elle connaissait son André... Mais apparemment elle ne le connaissait pas sous ce jour un peu sordide. Car c'était cela. Comme dans un roman réaliste, cette fois : quand on s'est fait une vie standard, on ne peut que tomber dans des drames standard. Il y avait eu un incident — « oh ! rien de sérieux » — mais enfin une femme de la banque avait mis le doigt dessus. Comme tout avait été régularisé, elle lui avait promis le silence.

— Tu sais, avec les bonnes femmes !... Et elle habite en face de la Tour Eiffel. Alors, de là à penser...

— Je vois, dit-elle.

Elle voyait à présent la malhonnêteté, la petite fraude, la crainte du chantage. Elle voyait le soupçon et l'ingratitude. Elle voyait le potache qui se

fait pincer à tricher. André ! Son mari ! Et il le lui
avouait, sans nécessité, comme un détail... Ne se
rendait-il pas compte de ce qu'il avouait ? Il avait
l'air si tranquille !

— Je me suis renseigné : elle est à la Guade-
loupe.

Il était donc rassuré, le petit fraudeur ; il avait
eu chaud un moment, et à nouveau il plastronnait.

— C'est parfait, dit-elle.

Mais sa froideur sonnait comme une condamnation.

*

C'en était une, en effet. Quelque chose s'était
rompu, en profondeur.

Sur le moment, elle ne mesura pas l'ampleur du
mal. Mais, un peu plus tard, un soir, sans l'avoir
vraiment prévu, elle annonça son intention d'aller
passer huit jours chez son frère à Versailles, pour
se reposer.

On pouvait toujours parler de huit jours :
l'essentiel était de plier bagage. On verrait après.
Pour le moment, elle ne pouvait plus vivre avec cet
André qu'elle ne reconnaissait plus, avec qui elle
avait passé tant d'années sans vraiment le voir :
parce qu'une fois, par accident, elle l'avait vu tel
qu'il était, leur passé devenait incompréhensible,
leur vie commune était en quelque sorte annulée.

*

Le frère de Simone vit bien que les choses
allaient mal : il n'osa donc jamais avouer qu'il
avait, avec sa femme, voulu faire une farce à ce
ménage si sûr de lui et voir comment la fière
Simone réagirait à un appel qui en eût inquiété
d'autres.

C'était un tout petit caillou qu'il avait, pour rire,

jeté dans la mare. Mais un petit caillou peut faire autant d'effet qu'un pavé, s'il tombe au bon endroit et que la mare ne soit pas très propre.

Et quelle mare est jamais très propre?

« Il me l'avait dit »

— Je suis idiote de t'ennuyer avec mon histoire.
Cela ne sert à rien : parlons d'autre chose !

Rose, en murmurant ces mots, chercha un mou-
choir, puis renonça et se passa la main sur les
yeux : elle était prête à pleurer.

Yvonne s'en aperçut; et elle reconnut bien là
l'émotivité toujours à fleur de peau de son amie.

Elles se connaissaient depuis plus de vingt-cinq
ans : elles avaient été camarades de classe au lycée
et avaient toujours continué à se voir, même
quand Rose avait dû redoubler une classe. Puis,
quand la vie les avait séparées, leurs relations
s'étaient espacées; mais l'ancienne camaraderie
reprenait à chaque fois le dessus. Elles s'étaient
rencontrées le matin même à Aix-en-Provence,
non loin de la maison qu'Yvonne possédait dans le
Lubéron; et elle avait aussitôt invité Rose à dîner.
Elles étaient à présent assises sur la grande terrasse, bien installées dans des fauteuils de paille, à
bavarder. Le dîner était achevé; la nuit était calme
et tiède. On entendait tout juste le bruit rare des
oiseaux et le crissement des grillons dans les collines.

Rose venait de raconter les difficultés dans lesquelles elle se débattait. Yvonne n'en était pas surprise : Rose avait toujours eu le génie des compli-

cations. Cette fois, elle venait de raconter à Yvonne qu'elle vivait depuis plusieurs années avec un Polonais qui faisait des enregistrements musicaux : c'était même la raison de la présence de Rose à Aix-en-Provence : elle devait y négocier l'enregistrement d'un récital. Ce Polonais était, à entendre Rose, un homme doué de tous les mérites et parfaitement charmant. Mais il existait un ennui : il avait laissé une femme en Pologne qui n'avait pu le suivre à cause d'une mère souffrante ; ils en avaient tous deux pris l'habitude ; mais voilà que la mère était morte et que la femme allait arriver sous peu pour s'installer à Paris. Le Polonais, depuis plusieurs années déjà, vivait chez Rose, dans son appartement ; il n'avait plus aucun toit à lui. Que faire ? Il pouvait évidemment aller s'installer dans une chambre d'hôtel, mais cela paraissait un peu étrange après tant d'années passées à Paris. Rose, qui était d'un tempérament plutôt généreux, songeait bien à lui laisser l'appartement. Mais que ferait-elle, elle-même ? Et comment paierait-il, lui, le loyer, avec le peu qu'il gagnait ? Bref, elle était dans un grand embarras. De plus, la rupture en perspective la bouleversait ; car elle avait conçu pour cet homme, doué de qualités si rares, un très grand et très profond attachement. Yvonne, en entendant ces mots, avait souri : elle savait combien les attachements de Rose avaient toujours été vifs, spontanés et finalement douloureux. Mais aussi quelle absurdité ! Comment n'avaient-ils pas, ni l'un ni l'autre, songé à ce problème, qui devait se poser un jour ? Comment n'avaient-ils pas compris ce que leur situation avait de précaire ? Comment avaient-ils été si déraisonnables ? Tout le monde aurait pu les avertir de ce qui arrivait aujourd'hui ; mais c'était exactement Rose que de n'y avoir pas un instant songé. Cela faisait partie de cette instabilité qui frappait aussitôt en elle. Rose avait de grands yeux

bruns un peu saillants et comme liquides, que l'on
aurait pu comparer aux yeux d'une biche, car ils
avaient quelque chose de plaintif ; mais ils trahis-
saient toujours une sorte de nervosité éminem-
ment humaine. Elle semblait toujours quémander
de l'aide, et une aide urgente. En un sens, cela
pouvait attirer la pitié et cela avait sans doute, en
leurs jeunes années, attiré celle d'Yvonne. Mais il
s'y joignait une impression générale de désordre.
Les bretelles de son linge tombaient constamment
de ses épaules rondes et potelées ; et elle les
remontait d'un geste machinal. De même des
mèches s'échappaient constamment de sa coiffure : elle les remettait en place, sans faire attention, gauchement. On aurait dit que l'ensemble de
sa personne physique avait quelque chose d'ina-
chevé. Sous ses robes, souvent flottantes, on
remarquait les cuisses, la taille, le décolleté : on
n'avait pas le sentiment d'une ligne unique comme
celle qu'aurait tracée, rapide, l'auteur d'un cro-
quis ; et le contraste était grand avec la netteté toujours sobre d'Yvonne. Peut-être cela expliquait-il
le malaise latent que celle-ci avait toujours
éprouvé à l'égard de ces petits désordres. Elle, la
bonne élève et la bonne bourgeoise, avait été
vaguement gênée par ces petits riens qui constituaient pour finir comme une indiscrétion indélé-
bile. Mais qu'y faire ? Le regard qui demandait
assistance la touchait malgré tout, comme elle
touchait probablement tout le monde : la façon
dont Rose semblait toujours quêter un secours
inspirait, sans doute, la pitié — mais aussi un sentiment plutôt agréable de supériorité. Avec Rose,
l'on était à la fois agacé par ses maladresses, touché par sa gaucherie, et tenté de lui montrer ce
droit chemin qu'elle semblait toujours chercher en
vain.

   L'absurde situation dans laquelle elle s'était
mise avec ce Polonais se situait exactement dans

la suite de ses complications passées; et, si elle
était là, molle et éperdue, au bord des larmes, ce
n'était certainement pas pour Yvonne une surprise. En tout cas, elle avait bien raison : il valait
mieux parler d'autre chose. Yvonne dit doucement :

— Oui, à quoi bon te tourmenter ainsi? Une
solution surgira un de ces jours. En attendant,
regarde plutôt ce beau ciel, si large et si brillant
d'étoiles. Par rapport à lui, tous nos soucis
paraissent si futiles! Et, tu vois : quel calme descend ainsi sur nous depuis ce ciel...

Rose se redressa et, d'un doigt, releva l'épaulette
de sa robe d'été, qui, naturellement, avait glissé.
Puis, levant les yeux, elle approuva :

— C'est vrai : cela fait du bien. Et il faut dire
que tu as une vue superbe sur le ciel depuis ces
collines.

— Oui, répondit Yvonne, il est rare de voir
autant de ciel. À la ville, on oublie la nuit et les
étoiles. Éric disait toujours qu'il n'y a pas de
remède plus sûr aux peines humaines que de
s'intéresser aux étoiles et d'apprendre à les
connaître.

D'une toute petite voix, comme sortie d'un rêve,
Rose murmura :

— Oui, et il savait tous les noms de toutes les
étoiles...

*

La phrase était innocente. L'intérêt d'Éric pour
les étoiles était connu de tous. Il avait pu y faire
allusion dans n'importe quelle circonstance. Il
avait même pu montrer à Rose les étoiles du ciel
n'importe où, même à Paris. Ils s'étaient d'ailleurs
retrouvés pour quelques jours, une fois, il y avait
très longtemps, dans l'île d'Oléron. Il avait pu,
alors, lui montrer le ciel, lui parler des étoiles. Il

n'y avait là rien d'étonnant, rien de compromet-
tant. Pourtant, cette phrase alerta bizarrement
Yvonne. Peut-être était-ce le ton étouffé sur lequel
elle avait été prononcée, comme pour une sorte de
monologue intérieur. Peut-être était-ce cette
allure de confirmation que Rose avait donnée à
ces quelques mots, comme si elle savait cela
mieux que personne, mieux que la propre femme
d'Éric. Toujours est-il que l'alerte fut là, imprécise
mais immédiate. Yvonne se tourna vers Rose,
sous le coup de l'étonnement ; et, alors, elle vit.
Elle vit le visage de Rose, toujours si sensible aux
émotions de toutes sortes, se colorer soudain
d'une rougeur indiscrète, qui bientôt lui monta
jusqu'au bord des yeux. Rose réagissait comme
quelqu'un qui vient de se trahir ; et, par là, elle se
trahissait, irrévocablement. Yvonne aussitôt, sentit les questions se presser en elle : où ? quand ?
Comment Rose avait-elle vu les étoiles avec Éric,
dans des circonstances qui à présent lui donnaient
cette voix rêveuse et ce visage de coupable ? Que
s'était-il passé ? Car il s'était passé quelque chose.
Où ? Quand ?

Très rapidement, son esprit fit le tour des possibilités. Il n'y en avait pas plusieurs. Il n'y en avait
qu'une. C'était lors de l'été passé à l'île d'Oléron où
ils avaient eu, dix ans plus tôt, ces quelques jours
en commun. Oui, c'était cela ! Ils avaient cette
année-là, Éric et elle, loué pour les vacances une
maison dans l'île. C'était avant que la mort des
parents d'Éric n'intervînt, et que la maison du
Lubéron fût devenue la leur ; et ils passaient leurs
vacances dans des maisons de location. Il y avait
eu peu de jours en commun avec Rose ; elle devait
attendre à l'hôtel des amis qui l'emmenaient ailleurs. Mais, sans aucun doute, Éric avait été la
chercher à la gare de La Rochelle ; puis, par deux
fois elle était venue dîner et après le dîner il l'avait
raccompagnée à pied à l'hôtel. Oui, sans aucun

doute, ils étaient allés tous les deux à pied faire ces quelques kilomètres dans la nuit, alors qu'elle, Yvonne, demeurait garder les enfants. Oui ! C'était cela ! Au cours de ces quelques kilomètres sous le grand ciel de l'été...

Toujours aussi rapidement, Yvonne plongea dans ses souvenirs et se rappela : Éric était rentré tard, mais rien d'étonnant à cela ; et il avait du sable sur lui, sur ses vêtements, dans ses cheveux. Elle en avait ri en le lui montrant et lui, sans se troubler, avait expliqué : au retour, il avait eu l'idée de s'arrêter quelques minutes sur la plage de Saint-Crépin, pour mieux regarder le ciel, étendu dans le sable. Elle avait alors souri avec indulgence, reconnaissant les manies de celui qui lui était cher ; elle n'avait été ni surprise ni inquiète. Quelle stupidité ! Elle ne comprenait que trop à présent. Il n'avait pas regardé les étoiles au retour, ni tout seul. Et il n'avait pas fait, sur cette plage, que regarder les étoiles. Les mots murmurés par Rose auraient pu laisser un doute : sa rougeur n'en laissait aucun.

Pendant qu'elle réfléchissait ainsi à toute allure, regroupant ces indices jusqu'alors inaperçus, elle répondait calmement avec des mots sans intérêt comme du remplissage mondain, évoquant l'intérêt de l'étude des étoiles, le fait qu'Éric avait même un temps fréquenté un observatoire, le fait qu'elle avait gardé quelques livres à ce sujet... Elle écoutait à peine ce qu'elle disait et en avait à peine conscience : une activité fébrile régnait dans son esprit, accumulant les indices, les preuves et les arguments, comme s'il s'agissait d'un feuilleton policier passé à une vitesse follement accélérée, et où les soupçons, puis les certitudes, se développeraient à la même allure, sortis du néant.

À vrai dire, c'était un choc. Éric avait été un mari fidèle, toujours ; et elle aurait pu, jusqu'à cette minute, jurer qu'il ne l'avait jamais trompée.

Peut-être, depuis qu'il était mort, trois ans plus tôt, d'une grave et brusque maladie, avait-elle eu tendance à l'idéaliser plus encore. Mais tout le temps qu'ils avaient vécu ensemble, elle n'avait eu aucun doute ; et même à présent il lui était difficile d'imaginer ce visage plein de droiture et de gentillesse dissimulant soudain des secrets impénétrables. Il lui semblait l'avoir connu comme elle se connaissait elle-même. Et voilà qu'à présent une faille s'était ouverte, dangereuse comme un précipice dont elle n'osait pas encore s'approcher.

Quelquefois on voit une image faite d'éléments juxtaposés, comme les éléments d'un puzzle, changer complètement d'aspect parce que l'on modifie un ou deux petits fragments : toute l'organisation de l'ensemble est alors bouleversée. Il en est comme d'un kaléidoscope où un très léger mouvement de la main suffit pour que les mêmes petits morceaux de verre se déplaçant composent une image toute différente. En fait, Yvonne avait un certain mérite à continuer de parler calmement ; car c'était bien l'image globale de sa vie qui brusquement était atteinte, modifiée, et mise sens dessus dessous. Le changement se faisait à toute allure et elle n'en mesurait encore pas entièrement la portée. Elle sentait seulement que tout lui échappait.

Ce sentiment s'imposa, en quelques minutes, avec tant de force, qu'elle voulut à tout prix rattraper toutes ces années d'ignorance en marquant du moins un point et en faisant paraître avec éclat sa lucidité nouvelle. Presque gentiment, elle dit :

— C'est à Oléron, je pense, que tu t'en es aperçue.

Elle n'interrogeait pas, elle affirmait. Et quelque chose dans son ton semblait donner aux mots une portée plus grave que leur sens immédiat ne le comportait. Rose le sentit et se troubla :

— À Oléron ?... Tu veux dire...

— Je veux dire : quand il te ramenait le soir à l'hôtel.

Là aussi, la phrase était innocente, du moins en apparence. Éric aurait très bien pu, au cours de leurs marches nocturnes, lui parler en toute simplicité de son intérêt pour les étoiles. Cela aurait pu être une conversation des plus banales et des plus naturelles. L'hypothèse était non seulement possible, mais vraisemblable. Et, dans ce cas, Éric aurait très bien pu ne s'étendre un moment dans le sable qu'au retour, comme il l'avait dit, préparé à cette halte par la conversation qui avait précédé. Rose n'avait qu'à répondre, tranquillement : « Oui, c'est un sujet dont il aimait parler et je me souviens encore de ses propos enthousiastes. » Mais la calme certitude montrée par Yvonne cachait un piège ; et Rose y tomba, comme elle tombait toujours dans tous les pièges :

— Yvonne, que veux-tu dire ?... Il n'y a jamais eu... c'était seulement...

Elle avait bien l'air, en effet, d'un animal pris au piège. Traîtreusement, Yvonne la regarda en souriant, sans répondre. Tout au plaisir de confondre Rose et d'en tirer vengeance, elle avait presque oublié le désastre que représentait sa découverte récente. Elle voulait à la fois savoir et humilier Rose, et de ce double point de vue, elle réussissait au-delà de toute espérance. En plus, elle avait l'impression absurde de restituer par là au visage d'Éric un peu de sa vérité.

Comment avait-il pu ? Avec la même lucidité accélérée qui maintenant la possédait, elle imagina son mari touché, comme elle l'était elle-même, par ce côté vaguement pitoyable que pouvait avoir Rose. Elle l'imagina désireux de lui témoigner un peu d'affection, pour l'aider, puis entraîné — entraîné par elle. Et Rose avec ses airs perdus et ses grands yeux inquiets, Rose, avec ses épaulettes à l'abandon et sa chair dodue, oui, Rose l'avait séduit et entraîné dans sa propre habitude du désordre et de l'irresponsabilité. Elle avait dû apparaître d'abord comme un enfant qui pleure et que l'on voudrait consoler par des caresses; et puis elle était devenue le félin qui peu à peu s'approche, et qui dévore sa proie. Éric s'était laissé entraîner et duper : ce n'était que trop clair. Mais Yvonne, ce soir, allait le venger et confondre enfin la coupable.

Lentement, en regardant Rose de ses yeux clairs, elle répondit après un long silence :

— Je veux dire sur les plages, quand il te ramenait, et que vous vous y arrêtiez.

Rose semblait atterrée. Yvonne insista :

— Je suis, je pense, assez précise. Tu peux en convenir.

Tant de fermeté eut raison de Rose :

— Quoi ! Tu savais...

C'est alors qu'Yvonne s'entendit elle-même proférer une parole qui venait de très loin et qui lui paraissait soudain la seule réponse possible :

— Je l'ai toujours su. Il me l'avait dit.

*

C'était là, de toute évidence, un énorme mensonge. Mais Yvonne n'aurait pas pu le retenir : il sortait d'elle-même et des profondeurs de son être, irrésistiblement. Il semblait à Yvonne que, par cette affirmation, elle sauvait tout : elle rendait à Éric sa droiture, à elle-même sa fierté, et à Rose son rôle habituel de femme trahie et méritant de l'être, qui semblait attaché à sa personne. Grâce à cette parole, elle n'était plus la femme qui se découvre trompée : c'était le tour de Rose. En fait, elle n'eut pas un seul instant l'impression de mentir : elle eut l'impression d'opérer un sauvetage. Elle se sentait comme le combattant qui, au cœur du danger, trouve les réactions qu'il faut, qui épaule et vise tout de suite, et fait feu sans hésiter : le courage de ce combattant-là mérite d'être loué. Elle se sentait juste, et fidèle à son mari.

Le fait est que Rose était anéantie. Elle questionna, ou plutôt elle bêla :

— Il te l'avait dit... quand cela ?

Elle espérait sans doute qu'il s'agissait seulement d'une confession de dernière heure, juste avant sa mort, trois ans plus tôt. Elle voulait croire qu'elle n'avait pas été trahie — du moins, pas immédiatement. Elle se raccrochait à l'idée qu'elle n'avait pas été une fois de plus ridiculisée. Mais Yvonne était sur le qui-vive, armée, résolue. Comme un matador qui, à la fin d'une course de taureaux, enfonce d'un mouvement net et franc la pointe de la lame dans la nuque de l'animal, pour l'abattre, elle répondit avec tranquillité :

— Il me l'a dit le jour de ton départ.

Elle aima ces mots qui lui parurent sonner comme une évidence et une conclusion — peut-être un peu comme une révélation. Elle était sûre d'elle, et sûre de son bon droit.

Rose ne résistait plus : elle se tenait assise tout au bord du fauteuil, inquiète et décontenancée. Dans sa défaite, elle dit tout bas :

— Tu savais donc... et malgré cela tu m'as revue, tu m'as invitée ce soir. Oh ! Yvonne, je ne sais que dire... Mais, Yvonne, tu sais, ce ne fut, crois-moi, qu'un moment d'égarement... Nous ne nous sommes jamais revus... pas une fois... tu le sais aussi, cela ?

— Je sais, répondit Yvonne, ne t'inquiète pas. Il s'agit là du passé. Voici trois ans qu'Éric est mort. Et l'histoire d'Oléron remonte plus loin encore, beaucoup plus loin.

Puis, dans une inspiration subite, et avec l'amusement de fournir comme une rime à leurs propos antérieurs, elle termina :

— Et il vaut mieux, je crois, parler d'autre chose.

*

Il est inutile de préciser que la fin de la soirée, entre les deux amies, ne fut pas idéale. Yvonne débordait d'amabilité et affichait un calme serein — que, d'ailleurs, elle éprouvait. Quant à Rose, elle cherchait à rattraper un peu de sa dignité, comme, en d'autres temps, elle rattrapait les épaulettes qui toujours glissaient de ses épaules : tout lui échappait, toujours. Peut-être, d'ailleurs, était-elle plus blessée que l'on n'aurait pu croire : Éric, en fait, avait été parmi ses plus précieux souvenirs.

Elle partit très vite, dès que les convenances extérieures le permirent; elle refusa un verre d'orangeade, courtoisement offert; elle redemanda à Yvonne si celle-ci lui pardonnait vraiment; elles se jurèrent une amitié qu'elles savaient bien ne plus éprouver; et elles se séparèrent bientôt. L'une était vaincue; l'autre victorieuse.

Pourtant, on peut dire que la véritable histoire commence au moment où Rose se fut éloignée dans le bruit irrégulier de sa petite voiture quelque peu cabossée. Yvonne, alors, se retrouva seule — seule avec sa désastreuse découverte et avec ce mensonge qui lui était venu aux lèvres sans qu'elle sût comment.

Malgré tout, elle avait reçu un rude coup elle aussi; et, dès que Rose fut partie et qu'Yvonne n'eut plus à mener combat, elle en ressentit plus vivement la douleur. Ce n'était pas seulement d'avoir été trompée. Ce n'était pas non plus d'avoir à réviser l'image de ce mari fidèle en qui elle avait eu tant de confiance. Ce n'était même pas la jalousie physique d'une femme qui découvre que des caresses ont été échangées avec une étrangère à quelques centaines de mètres de chez elle. Non! Malgré ces efforts d'explication, elle ne comprenait pas comment Éric avait pu se laisser prendre

à un piège aussi grossier, ni céder à une fille dont
elle, Yvonne, voyait si peu le charme. Or, il l'avait
fait comme cela, dehors, au risque d'être vu et de
créer un scandale : cette imprudence suggérait un
état de désir et d'irresponsabilité qu'elle ne lui
connaissait pas. De plus, il était rentré après cela
tranquillement, il lui avait répondu d'aimables
mensonges, l'air parfaitement normal et calme : il
s'était montré aussi détendu que si une pareille
conduite avait été chez lui monnaie courante. Pas
le moindre remords ! Il n'était pas ainsi d'habitude. Quelque chose n'allait pas, ne convenait pas.
Il fallait vraiment penser que cette fille, avec ses
façons abandonnées et son inconscience, l'avait
profondément changé. Mais pourquoi ? Qu'avait-
elle donc, cette Rose, pour produire de tels effets ?
Sans doute y avait-il en elle quelque chose qui atti-
rait les hommes ; car les multiples complications
qui s'étaient succédé dans sa vie n'auraient pas
pris place sans des partenaires empressés. N'avait-
elle pas encore maintenant des problèmes avec un
Polonais soi-disant pourvu de tous les mérites et
de tous les charmes, elle, à son âge, à plus de quarante ans ? Oui, elle devait plaire aux hommes.
Mais plaire aux hommes et plaire à Éric étaient
deux choses très différentes.

Elle s'apprêtait à rentrer dans la maison ; mais
cette sourde inquiétude, qui maintenant la tarau-
dait, exigeait un moment d'apaisement. Elle avait
rentré les fauteuils, tout rangé ; elle alla, toute
seule, s'asseoir sur le banc de pierre qui limitait à
l'autre bout la terrasse. Le banc était froid et
inhospitalier ; mais elle était incapable d'affronter
la solitude de la chambre tant que les questions se
pressaient ainsi dans son esprit en déroute. Il fallait réfléchir et se calmer. En fait, elle se sentait
très seule. Depuis la mort d'Éric elle était venue
très souvent dans cette maison et n'avait pas souffert de la solitude. Sans doute les souvenirs fami-

liers l'entouraient-ils pour la protéger. Ce soir, cet appui manquait. La pensée d'Éric n'était plus là pour la rassurer. De l'imaginer vautré dans le sable avec Rose, si près de leur maison, suffisait à empoisonner ses souvenirs et à rendre sa solitude insupportable. Elle savait bien que, de l'avis unanime, il arrive à tous les hommes de tromper leur femme ; mais que cela arrive à Éric n'était pas la même chose. Le pauvre ! C'était si peu son genre ! Cette pensée, du moins, ramena en elle la chaude sympathie que lui avait toujours inspirée celui avec qui elle avait partagé sa vie. Et, du coup, les excuses reparurent. Non, ce n'était pas son genre. Donc, s'il l'avait fait, cela avait été sans aucun doute une exception. D'ailleurs Rose l'avait bien dit : ils ne s'étaient jamais revus. Il ne fallait donc pas lui en vouloir : c'était sa faute à elle, cette fille inconsciente et inconsidérée, qui ne cessait de multiplier les erreurs, sans voir le mal qu'elle faisait. Il avait eu pitié d'elle. Bon ! C'était regrettable, mais cela partait en somme de son bon cœur, de son incapacité à voir les autres malheureux. Il avait dû être malheureux lui-même, après cela. Peut-être, après tout, s'était-il arrêté seul, au retour, comme il l'avait dit. Il avait voulu se reprendre avant de rentrer, chasser de lui l'idée de ce qu'il venait de faire ; et la tranquillité qu'il avait affichée au retour n'était que le résultat de cet effort pour retrouver la vie normale. Il ne lui avait certainement pas menti : il s'était arrêté seul avant de rentrer.

Yvonne soupira : ce n'était pas vraiment tromper sa femme que de tomber dans ce piège facile ; et ce n'était pas de l'impudence que de retrouver son calme avant de rentrer auprès de sa femme.

Pauvre Éric ! Elle se rappelait la patience avec laquelle il avait souffert sa dure maladie ; elle se rappelait la confiance de son regard. Non ! On ne pouvait pas dire qu'il l'avait trompée. Peu à peu

les images du puzzle, qui avaient été si brutalement dérangées, s'enveloppaient d'une brume
d'incertitude comme une tache de brouillard; et il
était possible que l'image fût en train de se refor-
mer derrière ce brouillard. Éric avait été un peu
bête, un soir, sur une plage... Et puis après? Le
calme qu'elle avait affiché en face de Rose devenait de plus en plus réel. Bientôt elle se leva, rentra vers la maison et verrouilla de l'intérieur la
lourde porte de bois plein qui l'isolait du monde.
Certes, elle gardait le cœur un peu lourd; mais sa
foi en Éric était revenue vivace. Si seulement,
comme elle l'avait prétendu, il lui avait tout dit!
Cela eût mieux valu. Mais il ne l'avait pas fait.

Elle soupira encore une fois, puis vérifia que
tout était en ordre, toutes les lumières éteintes, et,
enfin, monta dans sa chambre. Mais, comme elle
y entrait, retrouvant à leur place les photographies, la glace ancienne, et tous ces objets qui
avaient été familiers à Éric, elle perçut qu'un nouveau doute pénétrait en elle, imprécis, mais favo-
rable.

Éric n'avait-il vraiment rien laissé entendre? Si
seulement elle parvenait à se rappeler la journée
qui suivit le départ de Rose! N'y avait-il pas eu un
signe, une phrase, quelque chose dont elle n'avait
pas saisi le sens sur le moment mais qui, à
présent, bougeait au fond d'elle-même, comme
pour solliciter un effort de mémoire? N'avait-il
vraiment rien dit, rien du tout?

Elle alla à la fenêtre, s'accouda, pencha la tête,
et sentit les odeurs fraîches de la verdure, qui doucement montaient du jardin dans la nuit. Quant
aux étoiles, plus lointaines maintenant qu'elle
était dans une pièce éclairée, elles scintillaient
doucement comme une promesse. N'avait-il vraiment rien dit? Rien du tout?

Elle appuya la tête contre la vitre, cherchant
passionnément à se rappeler. Il avait bien parlé de

Rose, elle en était sûre ; et, maintenant, elle comprenait toute la rancune et tous les remords cachés dans ses propos d'alors. La nuance était restée imprécise. Il avait dit quelque chose comme : « Ton amie Rose, avec ses airs éplorés, je crois qu'elle sait très bien mener sa barque. » Elle n'avait pas fait très attention, car elle n'avait pas, elle-même, une si haute opinion de Rose. Mais elle aurait dû s'étonner de cette sévérité, de cet air bien informé et de ce ton gêné qu'il avait eus pour lâcher cette phrase. Elle s'en rendait compte à présent : c'était comme s'il avait voulu rejeter sur Rose une faute dont il la jugeait responsable et qui l'irritait. C'était presque un aveu. Mais était-ce bien ce jour-là qu'il l'avait dit ? Peut-être. Il avait pu exprimer cette rancune quelques jours plus tard ou quelques mois plus tard. Et ce ne pouvait guère être plus tôt, car, alors, il connaissait à peine Rose. Ce devait donc être ou ce jour-là ou quelques jours après. À vrai dire, elle n'avait pas fait attention ; on ne fait jamais attention à ce qui compte vraiment. Mais à présent elle comprenait : c'était comme s'il lui avait dit : « Je regrette, c'est la faute de cette fille. »

D'ailleurs, à y bien réfléchir, la remarque n'était pas juste : Rose ne savait pas si bien mener sa barque, puisqu'elle était presque toujours la dupe et la victime. Il y avait donc, à la source de cette phrase, une rancune personnelle qui se montrait de façon claire. C'était la rancune d'un homme fait qui s'est laissé séduire malgré lui comme un gamin. Il avait voulu le lui laisser entendre ; et elle l'aurait compris, si tout l'épisode ne lui avait alors été complètement inconnu.

Elle n'avait rien su, rien compris, et pourtant quelque chose s'était inscrit en elle, qui maintenant revenait, vaguement, et lui avait comme soufflé le fin mot de l'affaire. Elle l'avait compris d'instinct, mais, en fait, une remarque méconnue sur le moment l'avait mise sur la voie. Car il en est ainsi : les souvenirs vous entrent dans le cœur sans qu'on le sache et il faut ensuite un gros effort pour parvenir à les retrouver et à les comprendre ; pourtant ils sont là, d'une certaine manière. Peut-être, au cours de cet effort, les modifie-t-on, ces souvenirs, et les arrange-t-on à sa guise. Yvonne eut un bref retour de doute à cette pensée ; mais elle l'écarta aussitôt. Elle était sûre qu'il avait bien dit cela et que cela revêtait un sens, désormais évident.

Il s'y joignait d'ailleurs autre chose. Elle était sûre que, le lendemain du départ de Rose, il y avait eu un autre signe — un mot gentil, peut-être une déclaration assez nette que, sur le moment, elle n'avait pas non plus comprise. Pourquoi autrement ce jour lui laisserait-il ce vague senti-ment de bonheur et de joie confiante ? Elle cherche, comme on fouille dans une masse d'images obscures pour en trouver une qui ne veut pas se montrer. Et voilà qu'elle se souvient d'un mot d'Éric, qui l'avait touchée. Elle se souvient de la façon dont il lui a demandé : « Tu es contente, petite madame ? Pour moi, c'est tout ce qui compte ! » Il avait dit cela ; et cela non plus, elle ne l'avait pas compris. Elle n'avait pas vu que le vrai sens était : « Il n'y a que toi qui comptes dans ma vie, tout le reste est sans importance ; pardonne-moi si j'ai pu, sans le vouloir, être coupable envers toi. » Tel était certainement le sens ; et il lui avait touché l'épaule et souri...

Ici intervient une nouvelle gêne : le souvenir s'est précisé et elle voit le visage d'Éric ; elle entend les mots, mais elle voit aussi Éric, après lui avoir touché l'épaule, s'éloigner à grands pas. Il n'était donc pas, comme elle l'avait cru, dans le bateau loué ce jour-là. Et le propos ne datait peut-être pas de ce jour-là. Il pouvait avoir été tenu n'importe quand. Cela devait être au cours de cet été, car elle revoit son visage bronzé et heureux, et ils étaient tous les deux. Peut-être était-ce en attendant le bateau qu'ils avaient commandé ? Ou bien peut-être était-ce au retour... Il eût été plus agréable de pouvoir localiser ce souvenir, de voir un arrière-plan, de situer la scène ; mais c'était trop demander. Et puis il fallait que ce fût ce jour-là. Après tout, il y avait eu une telle certitude inconsciente en elle quand elle avait déclaré, parlant à Rose, qu'Éric lui avait tout dit le jour où elle était partie : une telle certitude devait reposer sur ces indices fugaces, qui n'étaient pas arrivés jusqu'à sa conscience, mais qui l'informaient tout bas de façon nette et impérieuse. En réalité, Éric ne lui avait pas tout dit comme elle l'avait prétendu, mais ses suggestions avaient suffi, et ses mots avaient été en somme l'équivalent d'un aveu, d'un regret, de retrouvailles. Et cela expliquait ce que soudain, sans l'avoir prévu, elle avait exprimé devant Rose. Elle n'avait pas parlé au hasard ; elle avait parlé au nom d'une évidence intérieure ; elle avait finalement exprimé la vérité. Délices d'une cohérence retrouvée et d'une paix reconquise ! Yvonne tira les deux volets de bois plein qui l'isolaient de ce grand ciel, elle défit sa ceinture et dans un élan de joie, vraiment de joie, elle se jeta sur son lit, ouvrant les bras et fermant les yeux. Et avec une douce satisfaction elle répéta :

— À sa manière, il me l'avait dit.

À présent tout était bien. Elle avait reconstruit le puzzle ; elle avait retrouvé la vraie image de sa vie ; et elle comprenait sa propre réponse à Rose : lancée comme un mensonge, cette réponse était la vérité. Tout était remis en ordre.

*

Elle était donc là, heureuse, sur son lit, avec son souvenir revu et réinventé ! Du joli travail ! Alors, dans un arbre tout proche, un oiseau qu'elle n'entendit pas égrena dans la paix de la nuit cinq petites notes limpides et sonores : une longue, quatre brèves, qu'il répéta à plusieurs reprises. Il semblait dire : « Il me l'avait dit ! Il me l'avait dit ! » Mais on pouvait comprendre aussi : « Ils me font bien rire ! Ils me font bien rire ! » Ayant lancé ces notes joyeuses et quelque peu ironiques, il plongea sans bruit vers un arbre plus éloigné. Il laissait les humains aux rêves fantasques de la nuit : ils succéderaient enfin aux rêves revus et corrigés qui s'élaborent pendant le jour.

Et le silence régna sur la campagne.

« Laisse flotter les rubans »

— Non, non et non!

Albert avait parlé tout seul assis à son bureau; et j'imagine parfaitement sa colère. Je le connais; je l'ai souvent vu travailler; et lorsque, deux jours plus tard, il me raconta en détail les émotions diverses de son après-midi de dimanche, ce fut un peu comme si j'y avais directement assisté.

En fait, il me l'apprit: il avait promis à son éditeur d'écrire une histoire qui illustrerait une phrase souvent citée par sa mère quand elle lui disait: « Laisse flotter les rubans. » La phrase, tirée d'une vieille chanson, leur avait paru belle; et Albert, dans un moment d'enthousiasme, sans doute imprudent, s'était déclaré tout prêt à écrire une telle histoire. Là-dessus, comme il y réfléchissait, le souvenir lui était revenu d'une jeune fille rencontrée, quelques jours plus tôt, dans le métro. Il s'était dit que cette image venait tout droit à la rencontre de l'idée qu'il voulait illustrer; il avait pensé qu'il suffirait de faire revivre en lui les détails de l'impression assez forte qu'il avait alors ressentie et que l'histoire coulerait d'elle-même, lumineuse. Mais les choses n'allaient pas toutes seules.

Immobile, assis à son bureau, il regarda un moment la feuille de papier placée devant lui. Elle

ne comportait pas un seul mot. Il y avait seulement l'image maladroitement tracée d'une jeune
fille debout, redressant la tête et semblant regarder au loin, tandis qu'un casque de cheveux
blonds auréolait son visage. Il l'avait dessinée
pour se pénétrer de ce souvenir. Dès qu'il l'avait
vue, dans le métro, il avait été frappé par son air
de résolution et de jubilation : elle semblait rayon-
ner d'un bonheur tout récemment conquis. Alors
il lui était apparu comme une évidence que, sûre
et décidée, elle partait retrouver un garçon, et le
retrouver pour de bon. Il imaginait qu'elle avait
hésité, caressé le projet, mesuré les obstacles.
Mais à présent elle donnait le sentiment que rien
ne pourrait l'arrêter. Cela était d'autant plus
émouvant que c'était une toute jeune fille d'aspect
fort sage, portant non pas un jean mais un petit
costume propret avec une veste claire et une jupe
noire très courte ; de même, ses bijoux étaient
ceux que porte une jeune fille bourgeoise à la maison : une chaînette comme bracelet et, autour du
cou, un collier de petites perles de verre parfaitement assorties à la couleur de sa veste, le tout sans
valeur mais recherché et harmonieux. Il l'avait
dessinée debout ; mais en fait elle était assise, juste
en face de lui. Je pensais qu'il est plus facile,
quand on ne sait pas dessiner, de représenter une
personne debout plutôt qu'assise ; je lui en fis
même la remarque, mais il prétendit qu'il était
normal de l'imaginer debout, dans la position
résolue de quelqu'un qui s'engage pour la vie. En
me parlant il redressait lui-même la tête, fière-
ment. À un moment donné, leurs genoux s'étaient
touchés et il s'était excusé : au lieu de protester,
elle lui avait lancé soudain un sourire radieux et
presque tendre. Ce sourire, de toute évidence, ne
s'adressait pas à lui : elle n'était pas vraiment sortie de son rêve intérieur. Après cela, Albert s'était
contenté d'observer son reflet dans la vitre du

métro, par discrétion. Il contemplait avec un peu d'attendrissement les petites boucles frisées qui échappaient à sa coiffure blonde, autour de son front et de ses tempes, et qui semblaient refuser d'être retenues par quoi que ce fût. Elles aussi se libéraient et il avait aimé cette liberté. Tout confirmait son impression : elle était bien la jeune fille, fraîche et joyeuse, qui accueillait la vie sans crainte ni hésitation. Après sa conversation avec son éditeur, il avait aussitôt pensé : celle-là, oui, « laissait flotter les rubans ».

Il avait donc, dans sa naïveté, cru tenir son sujet.

Mais, quand il avait commencé à reconstituer en imagination l'histoire de son héroïne, un malaise lui était venu. Il la voyait qui partait si fière, si douce, prête à accepter avec reconnaissance le lot qu'elle aurait tiré à la loterie de l'existence. Son regard était lointain, confiant. En y repensant, Albert sentait comme une sorte de halo tragique se former autour de cette image. Victorieuse et décidée, elle partait ; mais vers quoi ? Elle était si terriblement jeune !... Pouvait-on imaginer, si l'hypothèse qu'il avait faite était juste, qu'elle ne le regretterait pas ? Même en admettant que cette jeunesse connût tous les moyens d'éviter les grossesses intempestives et autres fléaux de l'amour, qui donc pourrait lui éviter les déceptions accumulées au jour le jour, les rendez-vous difficiles, les retards, les incompréhensions ? Ce serait cela ou bien les déchirements d'une rupture. Ce serait cela, avec en plus les complications avec sa famille, l'humiliation des mensonges, la crainte d'être découverte. Ce serait tout cela ; et les regrets, très vite.

Décidément, ce n'était pas là ce que visait la formule de sa mère : la jeune fille du métro ne convenait pas du tout. En me parlant, le mardi suivant, il dit même, songeur : « La pauvre gosse ! » Bref,

Albert le comprenait : cela n'allait pas ; cela sonnait faux ; son projet avait été une erreur.

Il aurait pu se contenter de l'abandonner, mais il était plein de rancune. Il en voulait à son éditeur ; il s'en voulait à lui-même d'avoir cru qu'il serait capable, rapidement et aisément, d'illustrer ainsi une formule qui, déjà, lui paraissait moins claire et moins évidente.

Il faut dire qu'un écrivain n'abandonne pas un sujet sans se poser bien des questions. Je connais Albert, je l'ai dit ; je connais ses moments de panique, où le doute intervient. Obligé d'abandonner l'idée, incapable de tirer de là une histoire, il se disait qu'il avait encore une fois suivi une fausse piste et cédé à de faciles clichés. La jeune fille qui s'en va ainsi retrouver un amant n'appartenait point à son champ d'expérience, mais relevait d'une littérature de gare, pour laquelle il n'avait que mépris.

Or, comme chaque fois, le petit échec d'une entreprise avortée lui laissait une sourde inquiétude au cœur. Il avait cru facile d'écrire cette histoire ; or il en était incapable. Et, après tout, était-il si capable d'écrire des histoires, en général ? Certes ses trois premiers livres avaient eu un succès honorable ; mais sans plus. Et comme le doute vient vite quand on perd une après-midi à rêvasser et à crayonner des images maladroites, sans écrire un seul mot ! Je connais bien ces angoisses chez Albert ; je les connais aussi chez d'autres écrivains. Je sais aussi qu'Albert ne nous a pas encore donné le grand livre que nous attendons de lui. Je ne le lui dirai pas ; mais il le sait aussi bien que moi.

D'où la colère de cette exclamation solitaire quand il avait crié son « non » et jeté à la corbeille, après bien d'autres, la feuille de papier où ne figurait que le dessin informe d'une fille debout, les yeux au loin, une fille qu'il ne connaissait pas.

*

Puis, à force de réfléchir, il se trouva des excuses. Son héroïne avait été mal choisie. Elle était trop jeune ; ses résolutions joyeuses étaient surtout de l'inconscience ; elle ignorait tout de la vie... Sans l'ombre d'un doute, sa mère, lorsqu'elle l'exhortait à laisser flotter les rubans, ne pouvait avoir à l'esprit cette légèreté faite d'ignorance. Elle visait plutôt la lucidité tranquille de quelqu'un qui connaît la vie et ses pièges, mais qui a appris à les aborder avec le sourire, sans faire de drames. Il s'était seulement mal orienté au départ, voilà tout.

Alors, il commença à chercher, fouillant dans ses souvenirs réels, fictifs, ou littéraires (la différence n'était pas toujours facile à établir). Peu à peu, alors, se dessina pour lui un nouveau visage. C'était, cette fois, une femme plus âgée, mais encore belle. Il la voyait, Dieu sait pourquoi, assise à sa coiffeuse, devant un miroir. Machinalement il dessina sur une nouvelle feuille de papier l'esquisse sommaire d'un meuble avec un miroir et d'une silhouette, vue de dos ; il crayonna ce dos obstinément, en traits noirs, comme s'il allait ainsi faire apparaître avec plus de précision la femme à laquelle il pensait. Il devinait avec précision le très léger empâtement de son cou, la fermeté de sa bouche, et le regard de deux yeux bruns, attentifs, guettant l'image dans la glace. Et voilà qu'il savait ! Elle avait dû apprendre que son mari la trompait ; elle en avait eu la confirmation le jour même ; mais ce n'était peut-être pas si grave. Ce n'était pas la première fois et ce ne serait sans doute pas la dernière ; mais elle savait qu'en fin de compte il lui reviendrait. Il fallait seulement rester calme, ne pas le brusquer, laisser faire et attendre. De son index, doucement, elle lissait ses sourcils, en une caresse monotone ; et, dans le miroir, les yeux bruns souriaient aux yeux bruns. Il pouvait imaginer comment elle l'avait appris et comment elle avait accueilli cette révélation : Albert ne rencontrerait là aucune difficulté. Il savait aussi qu'elle était décidée à faire bonne figure, à sortir, à se distraire... Et pourquoi ne sortirait-elle pas avec sa cousine Jeanne, si souvent seule ? Elles pourraient aller toutes deux dans l'après-midi à une exposition de peinture, dont on parlait beaucoup. Oui, ce serait agréable. Et puis, elles pourraient aller toutes deux prendre un verre quelque part avant le dîner. Cela lui éviterait d'être à la maison pour le retour de son mari, qui arriverait, comme si souvent, en retard et gêné parce qu'il se trouvait alors avec l'autre et s'était un peu trop attardé. Elle arriverait après lui et tout serait plus facile.

Facile ? Pour elle peut-être, mais certes pas pour Albert ! Il barre de grands traits obliques la vague esquisse qu'il vient de faire et la feuille de papier va rejoindre les précédentes dans la corbeille. Quelle folie l'a encore pris, avec cette femme vieillissante, et ses lâches tolérances ? La fille du métro était peut-être trop jeune, mais celle-ci était sans doute trop âgée; et sa sérénité ne ressemblait guère à l'allègre légèreté suggérée par le refrain. L'une est trop jeune pour avoir quelques mérites à laisser sottement flotter les rubans, mais l'autre, il faut l'avouer, n'a plus guère de rubans à laisser flotter !

D'abord, que viennent faire ces rubans ? Le malheur est toujours tout proche; il est pour demain, il est pour hier, il est pour aujourd'hui. Il est trop tôt, ou bien trop tard; mais qui pourrait, en cette vie, avoir jamais le cœur léger ? Le refrain n'avait aucun sens; ou ce sens lui échappait.

Ou peut-être était-ce lui, Albert, qui était à jamais incapable de saisir ce sens et de l'incarner dans une histoire ? Il avait toujours vécu dans l'inquiétude et la nervosité, dans le drame et dans

l'anxiété. C'était sans doute précisément pour cor-
riger cette disposition que sa mère lui avait res-
sassé ce conseil impossible à illustrer, impossible
même à comprendre.

Et lui, comme un stupide fanfaron, qui s'en va
promettre à son éditeur qu'il peut sans peine
écrire une histoire sur ce thème! Il a honte de ne
pouvoir tenir sa promesse, mais il a encore plus
honte de l'avoir faite — cette promesse! Est-ce
qu'un véritable écrivain s'engage ainsi à raconter
n'importe quoi, à imaginer d'après un thème abs-
trait des personnages faits sur mesure? Un véritable écrivain suit une inspiration intérieure, une
présence, une idée, une émotion, peut-être même
une phrase qui le heurte et dont il n'a plus qu'à
suivre l'impulsion.

Les paris idiots entraînent avec eux leur puni-
tion; et les refrains idiots vous tournent dans la
tête, lancinants, vous suggérant en vain un sens
qui toujours se dérobe pour vous laisser finalement épuisé, en proie à un dessèchement stérile.
Furieux, Albert se lève; il fait les cent pas jusqu'à
la fenêtre, où déjà le jour s'obscurcit; il revient et
s'effondre dans le fauteuil en face de son bureau,
comme s'il était lui-même en visite chez un auteur
absent.

Longtemps il resta ainsi, affalé dans ce fauteuil:
il ne sut pas me dire si c'était un quart d'heure ou
une heure. Il était accablé.

*

Soudain, il perçut, venant de la cuisine, l'odeur
aisée à reconnaître d'une soupe aux poireaux en
train de cuire.

Cela aurait pu contribuer à l'accabler davantage
encore. L'odeur de la soupe aux poireaux n'est pas
des plus recherchées et n'évoque pas un grand
luxe; elle signifiait, accessoirement, que la cuisine

n'était pas très éloignée, que l'appartement était petit, modeste, à la mesure de son succès. Elle signifiait aussi, après ce labeur inutile, que l'après-midi tirait à sa fin — une après-midi de plus qui se trouvait perdue.

Il fut surpris de l'agrément que soudain lui procura cette odeur : elle comportait quelque chose de léger, de chaud, de vif et d'étrangement prometteur (« tu sais, me dit-il, quand l'eau commence à bouillir et que l'odeur des poireaux se fait particulièrement insistante, qu'elle répand son aigreur conquérante dans toute la maison et que l'on se dit : tiens, la soupe aux poireaux... »). Brusquement, Albert sourit : pourquoi cette odeur bourgeoise et indiscrète l'emplissait-elle d'un si parfait bien-être, presque de bonheur ?

En un sens, c'était comme le témoignage d'une stabilité retrouvée, comme la preuve que la vie continuait, que les autres existaient et vous attendaient. À cela se joignait un sentiment vague de retour aux années d'enfance. Et tout à coup, il sut : il se souvint de cette grave rougeole au cours de laquelle il avait été si malade et de cette fameuse après-midi où il s'était réveillé, tout faible, la fièvre enfin tombée ; et il retrouva d'un coup le souvenir de cette même odeur venant comme une promesse que tout allait recommencer. Il avait attendu ; sa mère était entrée à pas de loup, elle avait été émerveillée de le voir éveillé, était venue lui prendre les mains, lui caresser les cheveux et il s'était senti faible comme un bébé, prêt à pleurer de gratitude pour cette nouvelle naissance. Ce moment n'avait pas duré ; il avait repris bientôt sa petite indépendance de convalescent ; mais ce souvenir auquel il n'avait pas songé depuis des années lui était soudain rendu avec tant de force qu'il en avait presque les larmes aux yeux.

Car tout revient si aisément. La sensation du

drap fripé mais frais, les doigts de sa mère dans
ses cheveux, la pénombre de la pièce et la moiteur
même de son corps : tout cela lui redevient
présent. Tant d'années après, il pourrait encore —
me dit-il — retrouver tout, décrire tout, et ce serait
une meilleure offrande à sa mère que ces histoires
ridicules de rubans !

Il avait, en réalité, été fort malade. Sans doute
était-ce pour cela que l'instant du retour à la normale lui était demeuré si présent. En tout cas,
c'est pour faciliter sa convalescence que sa mère
l'avait emmené pour ce séjour au bord de la Méditerranée, au début du printemps, dans une station
peu fréquentée ; et là, il avait rencontré Jacques.

Albert ne m'avait jusqu'alors jamais parlé de
Jacques et peut-être ne pensait-il à cet épisode de
sa jeunesse que très rarement. Mais tout à coup, à
la faveur de son émotion retrouvée, l'odeur de la
soupe aux poireaux le mena droit au souvenir de
l'air frais et salé du matin sur les petites plages
abritées, quand, dans le sable humide, ils allaient
tous les deux ; et il revit le visage blond et acéré de
son ami. Albert devait avoir dans les treize ou qua-
torze ans, et Jacques avait un an de plus. Ils
avaient fait connaissance facilement à l'hôtel et
l'amitié avait rempli leurs journées. Ils avaient
parlé de tout, marché au bord de l'eau, comparé
leurs rêves et leurs projets. Ils s'étaient juré une
amitié éternelle (« je l'ai aimé, tu sais, me dit-il,
comme on aime à cet âge, de toute son âme »). Et
là tout à coup, dans son bureau silencieux, il
revoyait le visage altier de son ami. Jacques en
savait beaucoup plus que lui sur la vie ; mais ils
avaient parlé absurdement de Dieu et du destin et
des passions et de l'ambition, comme s'ils étaient
des moralistes. Ils n'avaient pas parlé des filles. Ils
n'avaient eu aucun geste de tendresse. Ils se regardaient parfois dans les yeux, mais c'était comme
pour se promettre l'un à l'autre de servir l'art et

d'atteindre la gloire. Cependant Jacques était toujours resté l'aîné, il avait veillé sur Albert, lui avait
donné des conseils, l'avait, à l'occasion, protégé.

En me parlant de ce souvenir, Albert s'animait
encore de la joie qu'avait représentée cette amitié
et de l'admiration qu'il avait nourrie pour son ami.
Pourtant, il avait de la peine à se rappeler leurs
conversations (« oh ! tu sais : tout ce que l'on se dit
à cet âge... ») ; mais le ton de sa voix reflétait la ferveur des entretiens oubliés.

Ils s'étaient ensuite revus à Paris ; pendant
combien de temps, Albert ne le savait plus. Mais
un jour était venu où ils avaient appris tous deux
que Jacques devait, avec ses parents, partir pour
l'Australie afin d'y demeurer. Ce fut un choc ; mais
ce ne fut pas un déchirement ; ils ne se rendaient
pas compte de ce qu'implique une si longue et si
lointaine séparation. Il y eut certes le brusque
arrachement du départ ; sans doute les promesses
de s'écrire ; puis quelques lettres attendues impa-
tiemment, longues à venir, décevantes. La vraie
douleur, la vraie brûlure, resta secrète : elle vint
lorsque les lettres cessèrent. Et puis, il y a tout
juste deux ans, Albert reçut une lettre de Jacques
mourant, mourant de leucémie à Melbourne. Il
avait voulu écrire, il avait eu un peu honte après
leur beau rêve d'être simplement un marchand de
chevaux. Mais il voulait qu'Albert sût qu'il ne
l'avait pas oublié pendant un seul jour de sa vie.
Un livre d'Albert avait fini par arriver en Australie
et Jacques avouait qu'en le voyant il avait été ému
de penser que ce qu'il n'avait pas lui-même réussi
à faire, le petit Albert l'avait réussi. Il avait ainsi
obtenu après tant d'années de silence une adresse ;
et, avant de mourir il avait voulu lui dire ce mot de
fidélité et de regret.

Albert avait aussitôt tenté de téléphoner en Australie ; la lettre avait dû connaître de longs retards ;
car il était arrivé trop tard : Jacques était déjà
mort.

Une autre douleur s'était alors ajoutée à la première et pourtant Albert, en un sens, était soulagé : Jacques ne l'avait pas oublié; et lui-même
mesurait soudain que de son côté il était aussi
resté fidèle, en secret, toujours, et que la lettre
reçue le délivrait d'une angoisse qu'il n'avait
jamais voulu s'avouer.

Cette angoisse ancienne pouvait être douce à
reconnaître. Mais le choc de ces retrouvailles
interrompues par la mort était une autre affaire.
L'idée d'être arrivé trop tard, juste un peu trop
tard, avait, sur le moment, rompu son équilibre
intérieur. L'amitié ancienne semblait n'être resur-
gie du passé que pour s'épanouir en vains regrets.

Longtemps, dans son bureau solitaire, Albert
suivit le cheminement de ce deuil et du retour vers
les souvenirs enfouis. Il revécut tout : il ne savait
plus si ces souvenirs étaient doux ou douloureux;
et peut-être étaient-ils d'autant plus doux qu'ils
étaient plus douloureux.

Car les émotions d'antan s'étaient décantées; il
n'en restait que la beauté : même cette dernière
lettre, écrite trop tard, ne signifiait plus vraiment
« trop tard » mais signifiait, malgré tout, « retrouvailles ». Et jusqu'aux douleurs qu'il avait connues,
jusqu'aux moments qu'il croyait vouloir oublier,
dévoilaient soudain une sorte de richesse.

Dès qu'il s'agit de vrais souvenirs et non plus de
simples visages rencontrés dans le métro ou ima-
ginés à partir de rien, comme il est aisé de retrouver et de ressentir tous les moindres détails ! Là,
enfin, Albert ne se sent plus vide, mais habité par
un foisonnement d'images et d'émotions.

L'odeur est moins forte à présent, la soupe doit
mijoter doucement, préparant la paix du repas
familial. Mais de même que les vagues d'odeur ont
passé par la pièce, pénétrant, se retirant, jouant
dans l'atmosphère, de même voici que les souvenirs s'enchaînent, s'appellent l'un l'autre, flottent

désormais précieux tout autour de celui qui se tait.

« Laisse flotter les souvenirs » : voilà ce qu'aurait dû dire sa mère. Car on ne peut pas dans la vie laisser impunément flotter les rubans ; personne n'y parviendrait ; mais on peut, après coup, s'abandonner au foisonnement des souvenirs qui reviennent et s'entrelacent, désormais incapables d'apporter la souffrance avec eux. On peut les revivre, les décrire. Il semble que le récit est prêt à surgir, à s'épanouir et que les mots viendraient d'eux-mêmes ; car tout est là, après quinze ans d'oubli. Albert s'étonne d'avoir pu si facilement laisser se refermer l'oubli sur ce qui avait été, pour lui, si important. Il essaie de comprendre et se cherche des excuses. Le fait est qu'il y avait eu la guerre, et tous ces bouleversements. Pas de lettres pendant la guerre, c'était normal. Puis, après la guerre, il y avait eu l'entrée dans sa vie de Véra.

*

Et voici qu'un souvenir en appelant encore un autre il retrouve tous les émois de ses premières relations avec elle.

Il revoit leur première rencontre, devant Notre-Dame, ou plutôt au bord de la Seine, sur ce pont d'où l'on voyait Notre-Dame dans l'air du soir. À un moment, ses yeux gris remplis d'admiration, elle avait tourné vers lui son visage auréolé de cheveux blonds et ils s'étaient souri. Mais que cela avait donc été difficile, ensuite ! Véra était d'origine russe ; ses parents étaient des réfugiés venus lors de la Révolution. Elle combinait toute la distinction d'une aristocrate et toute la gaucherie d'une jeune fille très pauvre. Il se rappelle encore le fameux collier de saphir : il était fait d'un métal finement ciselé, qui formait des petites alvéoles destinées à recevoir les pierres ; mais elles étaient

toutes vides. Il restait juste un saphir au bas du
collier et, dans une de leurs rencontres, Albert
s'était étonné : elle avait expliqué que c'était le collier de sa grand-mère, et que l'on avait, à leur
départ de Russie, dissimulé les pierres sous des
petits cabochons de cire et que maintenant on les
avait vendues pierre après pierre, sauf la dernière.
Elle ne quittait jamais ce collier et ne voulait absolument pas que disparût la trace des saphirs ven-
dus.

Mais ce premier jour, appuyé à ce parapet, il ne
savait encore rien du collier de saphir. Il avait vu
une jeune fille charmante, avec un air de noblesse,
et il avait risqué timidement une phrase des plus
banales : « C'est beau, n'est-ce pas ? » Et il se rappelle encore comme elle avait redressé la tête et
articulé bien nettement : « Paris est la plus belle
ville du monde. » Elle l'avait dit comme on cite
une phrase d'un livre ; et, en même temps, dans
ses yeux gris, dansait une petite lueur de malice. Il
avait demandé : « Vous êtes étrangère ? » et ainsi
avait commencé une conversation que la réserve
de la jeune fille interrompait sans cesse. Ils en
seraient sans doute restés là si le père n'était pas
arrivé — ce père tellement plus russe qu'elle, et en
apparence plutôt solennel. Une fois encore tout
aurait pu finir ainsi ; car Albert s'était senti un
intrus mal élevé ; mais la jeune fille avait dit gauchement : « Nous admirions la Seine » et le père
avait ajouté : « Cela nous change des eaux auxquelles j'étais jadis habitué, des eaux du Dniepr. »
Et là la littérature avait joué de façon inespérée
son rôle d'intermédiaire ; car Albert avait mur-
muré : « Je connais le Dniepr par Gogol. » Le
hasard de ses lectures l'avait bien servi : le père et
la fille ensemble s'étaient émerveillés : « Vous avez
lu Gogol ? » Et cette lecture de hasard avait fait de
cette rencontre la première de toute une série. Ils
s'étaient promis de se revoir ; et ils s'étaient beaucoup revus.

Albert était très vite tombé sous le charme des yeux gris et il avait vite découvert quelle fierté pouvait lui être opposée et l'affaire du collier de saphir en avait été le symbole.

En effet, quand ils s'étaient mieux connus, ils s'étaient inquiétés de voir cet unique saphir destiné à assurer les années à venir. Il avait dit : « Mais il n'en reste qu'un... que ferez-vous ensuite ? » Elle avait répondu : « Cela suffit : je compte bien faire ma médecine et j'exercerai. Tout est prévu ; tout est clair. »

Et tel avait été le problème entre eux. Il n'avait pas osé dire : « Mais il faut longtemps pour faire sa médecine » ; il n'avait pas osé lui marquer combien il souhaitait la protéger, l'aider. Et quand il avait commencé plus tard à le lui marquer, il s'était heurté chaque fois à ce désir d'indépendance, à cette tranquille résolution. Il insistait ; elle se dérobait. Que de fois il avait écrit, il était revenu, il avait multiplié les signes de patience et d'impatience ! Il y avait eu des périodes où elle ne voulait plus le voir, lassée par son insistance. Et puis il y avait eu des périodes où elle semblait touchée de sa ferveur et où soudain elle était avec lui charmante et désarmée. Cela avait été des mois très éprouvants ; il y avait eu des coupures de plusieurs semaines où elle voulait, à tout prix, retrouver sa paix antérieure. Il y avait eu des colères, et des réconciliations. Il y avait eu aussi des promenades très douces dans les parcs de la ville et des moments où elle semblait voir à travers lui toutes les beautés et les traditions du pays qui était devenu le sien. Il avait connu l'exaspération et la souffrance ; il lui était arrivé de marcher toute la nuit dans les rues de Paris, se demandant ce qu'il devait faire et comment la toucher.

Et voilà que dans son bureau silencieux, comme Albert me le raconta à propos de cette journée, ces souvenirs dramatiques l'attendrissaient et le char-

maient. Il se revoyait entrant au petit matin dans
un café qui venait d'ouvrir, épuisé, les traits tirés ;
et il éprouvait, après coup, comme une joie à se
dire qu'il avait connu tant de passion et qu'il avait
à ce point souffert. Là aussi, les souvenirs accou-
raient en masse, comme un cadeau de la vie.
« Laisse flotter les souvenirs » : sous cette forme,
le sens était clair, et magnifique.

Comme pour Jacques, il aurait pu écrire toutes
ces histoires : il revivait le départ du paquebot et
l'illusion de ne pas souffrir, la lettre retardée et ces
quinze ans d'oubli, il revivait le récit du collier de
saphir, le courage, l'humeur changeante, la résistance farouche de cette jeune Russe prête à
remettre son destin entre les mains du petit Français... — Il était plutôt stimulant, j'imagine, de se
dire que la farouche petite fille auréolée de l'image
du Dniepr et des demeures perdues était maintenant sa femme, la mère de ses enfants, et que tranquillement, dans l'appartement de Sceaux, elle faisait cuire la soupe aux poireaux !

— Tu comprends, m'expliqua-t-il plus tard, j'ai
vraiment eu, en repensant à tout cela, la révélation
de ce que je pouvais faire comme écrivain. Les
souvenirs me venaient en masse, je pouvais les
modifier un peu, les colorer, les arranger, mais ils
étaient là, ils foisonnaient et ils m'éblouissaient
moi-même. Je voyais tous ces textes que je pourrais écrire, tous groupés non pas sous la formule
trop chère à ma mère, mais sous la formule recti-
fiée, celle d'un écrivain : « Laisse flotter les souvenirs. »

Il m'a dit cela ; et je le crois très capable d'écrire
en effet de belles histoires inspirées ainsi par cet
abandon total au flot trompeur mais puissant de
la mémoire. Je l'en crois très capable, mais en
même temps son aveuglement me stupéfie. Et si je
me suis attaché à reproduire le récit qu'il m'a fait
de ses aventures littéraires de cette après-midi-là,

c'est bien parce qu'en un sens elles me scanda-
lisent et que je ne puis pas accepter sans plus ce
qui pour moi correspond à une aberration.

*

Pendant qu'Albert s'abandonnait ainsi à la jubilation un peu suspecte d'avoir trouvé sa voie, je
l'attendais dans la salle à manger avec Véra. Tous
les dimanches, je dîne avec eux. Et, tous les
dimanches, nous attendons pieusement qu'il
veuille bien descendre de son bureau. Je dis « descendre », car la pièce est légèrement surélevée.
Dans ce curieux petit appartement aux parquets
bien cirés mais inégaux, le bureau d'Albert est
atteint par trois ou quatre marches et se trouve
donc à part. Bientôt, comme il était huit heures
passées, elle me sourit et déclara : « Je vais tout de
même aller voir. »

Elle monta échanger avec lui quelques mots que
je n'entendis pas, puis elle redescendit et me
déclara avec une expression délicieusement gentille :

— Il vient tout de suite. Il a l'air enchanté. Mais
il est assis dans le fauteuil, sans rien faire ; et il n'y
a rien sur le bureau ; mais la corbeille est tout à
fait pleine.

La malice de ses yeux se combinait avec la tendresse. Elle n'avait pas été dupe de l'enthousiasme
créateur que semblait exprimer son mari. Mais
elle ne songeait ni à le critiquer ni à s'inquiéter.
Elle avait une façon exquise de l'accepter comme
il était et de s'en amuser.

Je suis l'ami d'Albert, l'ami fidèle ; mais je don-
nerais ma vie pour Véra.

Les récits que me fit le surlendemain Albert sur
les difficultés qui précédèrent leurs fiançailles me
touchèrent d'autant plus, que le jour où enfin elle
a décidé d'accepter ce jeune Français si nerveux,

avec ses ambitions et ses passions, de se fixer dans ce pays qui était devenu le sien et de tout prendre comme un lot où on ne fait pas de distinction, Véra était devenue comme une princesse en visite dans une contrée lointaine. Plus elle jouait gentiment à devenir la petite épouse française, dévouée et conciliante, plus cette énorme distance qui la séparait de nous tous devenait évidente. Tout dans la vie l'intéressait, mais comme s'il se fut agi d'une expérience et d'un jeu. Elle était parfaitement à sa place à Sceaux, parfaitement contente avec Albert, parfaitement capable de lui faire sa bonne vieille cuisine française et de guetter sa satisfaction. Mais en même temps tout l'air lointain de la Russie circulait derrière ses yeux gris ; et quand ceux-ci exprimaient une émotion, une surprise, une joie, un étonnement, on croyait voir comme des vagues chatoyantes passant sur l'eau d'un fleuve puissant. Le Dniepr ? Elle était tout cela, la vie, la distance, le jeu. À vrai dire, elle était passée du Dniepr à la Seine, mais elle les portait tous deux en elle et faisait de leur dissemblance comme une richesse connue d'elle seule.

On pouvait emmener Véra dans un métro bondé, on pouvait lui faire voir des hommes fanfarons, se querellant autour du comptoir d'un bistrot, on pouvait lui mettre sous les yeux des femmes se menaçant, les poings sur les hanches, avec un flot d'injures : à chaque fois elle semblait dire : « Comme c'est amusant ! Comme c'est français ! » D'où une tolérance émerveillée qui semblait l'accompagner à travers la vie sans laisser aucune place à la plainte ou au regret. Nous étions beaucoup, soit au lycée, soit dans les milieux de l'édition, à avoir admiré Véra, à lui avoir fait des confidences et à avoir espéré — en vain — être pour elle un peu plus qu'un bien cher ami : elle nous regardait, dans ces cas-là, très gentiment, et elle semblait dire une fois de plus : « Comme ces

Français sont amusants ! » Oui, j'aurais donné ma vie pour Véra. Et, quand je voyais les minuscules rides qui commençaient à entourer ses yeux gris si brillants et mobiles, j'étais plus attendri que je ne saurais dire.

Je m'étais toujours rendu compte qu'Albert ne mesurait pas vraiment sa chance, ni tout ce qu'il devait à Véra. Lorsqu'il me fit le long récit de cette fameuse après-midi et qu'il en vint à me parler des difficultés qui les avaient au début séparés, je compris mieux encore ce qu'avait représenté pour Véra cette espèce d'abdication franche et résolue par laquelle elle avait finalement dit oui, et avait, en bloc, accepté la vie qui venait au-devant d'elle. Cette acceptation si difficile à obtenir avait été totale ; et à partir de ce moment-là, elle n'eut jamais un regret. Elle avait d'ailleurs, paisiblement, assuré la continuité qui compensait ses renoncements : le dernier saphir avait été donné à sa fille — celle qui venait de commencer sa médecine ; quant au fils, elle l'avait emmené peu auparavant en voyage pour connaître la Russie, voir le Dniepr, découvrir les lieux de sa tradition familiale — il devait se consacrer à la littérature russe. Ainsi sa propre vie se prolongerait-elle dans le sens souhaité. Quant à elle-même, elle était comme libérée de toutes les attaches et se consacrait à ce rôle imprévu qui aurait, en définitive, constitué son lot en ce monde. Je parle de rôle comme je le ferais pour un acteur : elle prenait sa vie très au sérieux ; mais ne cessait de s'en amuser.

Albert le voyait-il ? Le comprenait-il ? Il est étrange de constater comme on peut passer en aveugle à travers sa propre vie.

J'ignorais la petite phrase de sa mère sur les rubans qu'il faut laisser flotter ; quand il me la cita, je fus saisi. Véra incarnait si parfaitement cette image que je me suis demandé à quel moment la mère d'Albert lui avait parlé ainsi : il semble dire que ce fut dans son enfance, mais n'était-ce pas l'exemple de Véra qui lui avait inspiré son conseil ? Oui, elle était comme quelqu'un qui se laisse porter dans la joie, dans la gaieté, qui accepte la vie et qui la rend douce pour les autres. On aurait inventé cette formule pour elle. Et tous sans doute le voyaient — tous, sauf Albert.

Dans ses tentatives littéraires de ce jour-là, qu'il me raconta avec complaisance, j'ai compris à quel point l'image de Véra flottait dans son esprit sans qu'il s'en rendît compte. Je me rappelais les petites mèches blondes et libres de la jeune fille du métro : comment n'avait-il pas fait le rapprochement avec ces délicieuses petites mèches blondes qui faisaient l'auréole de Véra et lui donnaient cet air de gaieté et de liberté que nous aimions tant ? Qui sait même si son attention au collier de la jeune fille du métro ne lui était pas dictée par l'importance du fameux collier de Véra ? Et, ensuite, il avait glissé (était-ce un hasard ?) vers l'idée d'une femme plus âgée; compréhensive et patiente, comme pouvait l'être Véra. Et même les histoires de Jacques, auxquelles il s'était tant complu, même ce projet d'écrire à son sujet une nouvelle ou un roman qui s'appellerait « Quinze ans d'oubli », n'y reconnaissait-on pas l'extraordinaire étourderie de cet écrivain qui, pris dans le passé, attendait dans le silence de retrouver ses émotions quand il ne serait plus temps ? Quinze ans d'oubli : n'était-ce pas sa façon de vivre avec la jeune fille aux yeux gris qu'il avait eu tant de peine à conquérir et qu'il ne voyait même plus à ses côtés ?

Il suffisait pourtant d'ouvrir les yeux : en voyant ce visage de Véra lumineux, tendre, ironique, on l'imaginait, elle, voguant librement de part et d'autre, recueillant ce que la vie apportait, s'amusant, donnant, distribuant. On l'imaginait entrant dans une grande salle de bal vêtue de soieries aux

couleurs changeantes, des rubans dans ses cheveux blonds, des rubans flottant derrière elle, le
sourire aux lèvres, ravie d'exister. Et quand on
pense qu'Albert était là à chercher désespérément
des exemples illustrant la phrase de sa mère et
qu'il avait chez lui, auprès de lui, à ses côtés, cette
parfaite illustration et cette merveille qu'était
Véra, on est quand même légèrement agacé.

Ce mélange d'émotivité et d'ingratitude, qu'il
avait avec elle comme il l'avait eu avec Jacques, ne
saurait être compensé par le talent de l'écrivain.

Ce talent, j'y crois. Et c'est pourquoi je lui pardonne et je reste son ami. Quand il m'a raconté sa
journée, avec tant de confiance, j'aurais peut-être
dû lui parler avec plus de sincérité, lui dire : « Et
Véra ? » Mais je sais qu'il ne m'aurait pas compris.
Je l'ai donc laissé enfermé dans les ferveurs du
passé et inconscient des beautés du présent. Mais,
pour une fois, moi qui ne suis pas écrivain, j'ai
senti qu'il me fallait me soulager de ce fardeau et
dire la vérité sur la beauté de ce présent, sur la
beauté du visage de Véra, et sur la sottise des
hommes.

ARRÊT SUR IMAGE

La petite voiture jaune qu'il avait louée à la gare d'Avignon était un peu brutale et très poussive. Cette organisation de son voyage avait été absurde. Il avait cru gagner du temps en prenant le train-auto et en voyageant de nuit. Il avait peu dormi et il était mort de fatigue. Or, il y avait eu une erreur ; sa voiture avait été retardée ; il avait dû en louer une autre. Si bien que, pour finir, il arriverait dans le petit village du Lubéron à peine plus tôt que s'il avait pris le train de jour, désormais si rapide. Mais il faut dire que ce voyage lui déplaisait et l'agaçait prodigieusement. Véra, sa mère (celle qui, on l'a vu, savait « laisser flotter les rubans »), lui avait demandé d'aller jusqu'à sa petite maison à la sortie de ce village pour y régler un certain nombre de problèmes pratiques. Elle-même était retenue à Paris, pour soigner une mauvaise bronchite de son mari ; or certains de ces problèmes étaient urgents. Mais pourquoi cela devait-il retomber sur Paul ? Rarement quelqu'un avait été aussi pressé que lui. Il était arrivé à libérer vingt-quatre heures ; mais il devait le lendemain soir rencontrer un professeur de l'Université Cornell où il était invité à passer un an comme *visiting professor* ; et il restait quantité de questions à régler avant qu'il pût donner son acceptation définitive. Tout cela serait très juste, et très précipité. En plus, il y avait Agnès qui venait de rentrer de voyage et qui serait certainement choquée de ne pas le voir à Paris pour l'accueillir ; ce serait encore une complication. Et puis, de toute façon, il était toujours bousculé ; il lui fallait absolument achever son livre sur Gogol avant les vacances d'été, or on était déjà fin mars ! Sa mère aurait pu trouver quelqu'un d'autre. D'ailleurs, elle savait bien qu'il détestait cette maison. Il avait été hostile à l'idée de l'acheter. Il la trouvait beaucoup trop petite : avec ses deux chambres au premier et sa petite salle de séjour au rez-de-chaussée, elle excluait toute possibilité de vacances en famille. De plus, elle était vieillotte, en mauvais état, avec un tout petit jardin et l'on ne pouvait rien faire de distrayant aux alentours. C'était vraiment une petite maison ancienne, plutôt paysanne et qui n'avait aucun sens pour eux. Mais lorsque son père avait eu enfin un grand succès littéraire avec son roman intitulé *La Révolte de la licorne*, voilà que Véra, qui avait récemment découvert la petite maison, avait insisté et semblé attacher tant de prix à cette acquisition qu'Albert avait cédé. Véra, avec son air doux et soumis, l'emportait presque toujours — même quand ses idées étaient moins déraisonnables que celles-là.

Et à présent les ennuis prévus commençaient. Il y avait un problème de fosse septique avec un des voisins, il y avait un problème de fuite avec le bassin ; tout cela demandait une action immédiate ; et qui envoyait-on ? Paul, naturellement !

D'agacement, il donna un petit coup brusque de klaxon, comme pour marquer sa réprobation. Il faut dire qu'il était extrêmement fatigué. Il était parti fatigué de Paris, cette nuit blanche n'avait rien arrangé et, à présent, son mécontentement contribuait à l'énerver. Il ne voyait rien du paysage. Il se perdit deux fois et arriva excédé, alors que déjà la matinée touchait à sa fin.

Paul était par tempérament nerveux, comme son père. Il était aussi, comme son père, peu capable de résoudre les problèmes matériels et peu satisfait d'avoir à s'en occuper. Il était un professeur, un intellectuel — là aussi, comme son père. Véra avait choisi un très mauvais ministre pour régler ses problèmes pratiques, et aussi un très mauvais moment.

C'est à peine s'il trouva l'entrée de la maison : il n'y était presque jamais venu et, en tout cas, n'y était jamais venu seul. Il découvrit enfin le portail : il l'ouvrit dans un long grincement douloureux de ferraille mal huilée. Il rangea la petite voiture jaune dans l'étroit espace prévu pour cela et s'avança sans joie vers la maison. Dès qu'il fut hors de sa voiture, il perçut l'horrible odeur. La fosse septique des voisins, dont il devait s'occuper, s'imposait à lui dès les premiers pas. Et que diable connaissait-il aux fosses septiques ? Et comment diable saurait-il discuter avec un voisin aussi peu soucieux des autres ?

Heureusement, la maison donnait de l'autre côté. Il avait la clef, il entra et se choisit une des deux chambres : elles étaient toutes les deux également glacées et humides. Il farfouilla dans les armoires et tira un énorme chandail dont il ne savait pas s'il appartenait à son père ou à sa mère, mais dont il avait grand besoin. L'heure du déjeuner était trop proche pour qu'il pût songer soit à faire un peu de toilette, soit à dormir un moment. Un paysan du voisinage, Évariste Bontemps, qui rendait des services à Véra, devait venir lui apporter à déjeuner et lui fournir tous les renseignements sur les problèmes à régler. Il décida donc de l'attendre, installa son maigre bagage, alluma le radiateur électrique et descendit sur la terrasse. Bientôt, l'homme arriva. C'était un homme grand et robuste vêtu d'un gros pantalon de velours à côtes et d'un blouson qui semblait confortable. Il

portait dans un grand panier les éléments du
déjeuner et salua Paul avec une familiarité inattendue.

— Alors, Monsieur Paul, vous avez fait bon
voyage?

Paul ne se souvenait pas avoir jamais rencontré ce voisin, mais il était soulagé de voir enfin
quelqu'un qui semblait au courant. Bientôt ils
furent assis tous les deux à la table de la cuisine
où, sur une toile cirée à grands carreaux, Évariste
Bontemps lui servit une riche soupe au poulet et
aux légumes, abondamment parfumée aux herbes
de la région et assez épicée : il l'avait fait chauffer
sur le fourneau à gaz-butane, qui — miracle ! —
marchait très bien. Il avait aussi apporté une bouteille de vin rouge de Bandol, frais mais fort, qui
parut à Paul le pénétrer d'une espèce de confort
jusqu'au bout des doigts. Le voisin, lui, ne man-
geait pas, il se contentait de fumer sa pipe en
buvant un peu de vin et en parlant. Pour parler, il
parlait ! Paul, en savourant ce potage inespéré, dut
entendre tous les détails sur l'écoulement de la
fosse septique des voisins. Il s'en serait passé. Lui,
le garçon des villes, n'avait pas beaucoup l'habitude de mêler ce genre de questions à un repas
si simple qu'il fût. Mais ce ne fut pas tout. Il dut
s'intéresser aussi à la fuite du bassin, au fait
qu'elle s'agrandissait un peu chaque jour, aux
soins qu'avait pris Évariste Bontemps de mettre
du ciment qui n'avait pas tenu, et au risque que
cela impliquait : on pouvait craindre non seulement de perdre l'eau indispensable à l'arrosage,
mais de voir un jour l'ensemble du bassin craquer
par cette fente et ravager tout le jardin... Et encore
si cela avait été tout ! Mais il déclara en passant
que l'eau qui fuyait du bassin avait l'inconvénient
d'attirer les sangliers. Et Paul fut un peu surpris
d'apprendre que la petite maison de sa poétique
mère était, en plus de tout, occupée par des bêtes
sauvages... Et ce ne fut pas encore tout : il eut

droit à la maladie des ormeaux et à la maladie des oliviers, aux soins divers qu'on en avait pris ; à la généralité du mal dans la région — bref, à toute la série de malheurs qu'entraîne la propriété. « C'est exactement ce que j'avais prévu », pensa-t-il ; et il avait peu de courage pour s'en prendre à ces questions : elles lui donnaient trop largement raison pour qu'il pût souhaiter les voir aisément résolues. Il déclara pourtant, avec une autorité qui ne correspondait guère à ses sentiments :

— Bon ! Pour les maladies des arbres, je n'y peux rien ; pour la fosse septique et le bassin, je m'en occuperai dès cet après-midi. Vous m'avez noté, je crois, les numéros de téléphone, je vais faire pour le mieux.

Il était agacé, en plus de tout, parce que le voisin, ce paysan qui connaissait et les lieux et les problèmes, qui pouvait sans difficulté faire un déjeuner et l'apporter et s'occuper du jardin de sa mère, lui paraissait beaucoup plus solide et capable que lui-même. Il se sentait un intellectuel un peu perdu, dépourvu de toute connaissance pratique, timide, faible et terriblement fatigué. Et cela lui donnait un sentiment d'infériorité qui n'était pas agréable. Il se sentait petit garçon.

Le fait est que l'autre était seul vraiment à l'aise et chez lui dans cette maison. Il lui montra où était le café, fit chauffer de l'eau, lui indiqua où il avait placé quelques provisions, comment il pourrait se débrouiller le soir, bref, il était celui qui reçoit un invité — ou plutôt il parlait comme on s'adresse à un employé qui ne donne pas tout à fait satisfaction, mais à qui on veut bien faire confiance faute de mieux. Le café une fois bu, et le pousse-café aussi (celui-ci, cette fois, partagé à deux selon toutes les bonnes traditions de la campagne), les deux hommes se levèrent. Évariste Bontemps, qui dépassait Paul d'une bonne tête, lui dit, comme on donne un ordre :

— Le bassin et la fosse septique, c'est urgent ; pour le reste, tout va à peu près bien. Vous avez vu le cerisier ?

Paul avait fait le tour du jardin, mais il ne savait pas du tout où était ce cerisier et il ne savait pas très bien reconnaître un arbre d'un autre. Mais déjà Bontemps ajoutait avec une lueur de tendresse dans ses yeux d'un bleu presque enfantin, trahissant ainsi le fait que, comme tout le monde, il adorait Véra :

— Ce petit cerisier, votre maman y tient beaucoup, vous savez ! Et elle aime tellement ce jardin ! Cela, on peut le dire, qu'elle l'aime !

Paul n'avait jamais entendu le nom d'Évariste Bontemps auparavant ; il connaissait à peine cette petite maison ; mais il découvrait tout à coup que lors des fugues fréquentes qu'aimait à faire Véra vers le Midi, chaque fois que l'emploi du temps de son mari lui en laissait l'occasion, elle s'était vraiment liée d'amitié avec cet homme simple ; elle l'avait séduit, comme elle séduisait tout le monde ; et elle lui avait dit ses goûts et fait partager ses joies. Décidément, pensa Paul, jamais sa mère n'aurait fini de le surprendre. Elle avait dû jouer, elle, la Russe, à devenir familière de ce coin de Provence, à s'y installer comme chez elle, alors que lui-même, Paul, s'y sentait étranger. Elle avait dû assumer ce rôle avec amusement en même temps que sincérité. Non, elle n'aurait jamais fini de le surprendre. Après tout, il ne connaissait pas vraiment sa mère, pas tout à fait ; et il aimait assez ne pas la comprendre parfaitement, car cela faisait partie du charme de Véra que de se trouver ainsi à sa place dans tous les rôles qu'elle assumait, et, par là, de laisser auprès de chacun une marge d'incertitude, qui devenait son signe distinctif.

— Je verrai tout cela tout à l'heure. Je vous l'ai dit : je m'en occuperai dès cet après-midi. En tout cas, merci, Monsieur Bontemps, vous avez fait tout le nécessaire. Je vous verrai demain matin avant de partir pour vous dire où en sont les choses.

L'homme remercia et se retira, non sans un regard un peu inquiet sur Paul, comme s'il doutait vaguement ou de son zèle, ou de l'efficacité de ses démarches. Mais enfin il se retira ; et cette pause sembla à Paul une bénédiction.

Il s'occuperait de toutes ces démarches dans l'après-midi ; mais il lui fallait d'abord un moment de détente. Il alla voir si la chambre avait suffisamment chauffé pour qu'il pût s'y reposer ; mais il faisait meilleur dehors. Il sortit le transatlantique de sa mère et l'installa dans la petite allée, s'arrangeant pour avoir la tête à l'ombre et les pieds au soleil. Il se dit : « Je me donne une bonne demi-heure. »

*

Était-ce la fatigue d'une nuit sans sommeil ? Était-ce l'épaisse soupe au poulet et le vin rouge de Bandol ? Était-ce le fait de se donner congé pour une demi-heure ? Toujours est-il que, presque aussitôt, Paul s'endormit. Et c'est quand il se réveilla, une heure plus tard, que la chose arriva. Plusieurs fois dans la suite de son existence, il voulut expliquer ce qui était arrivé, mais chaque fois il dut très vite renoncer : ce n'était pas facile à définir.

D'abord, sans bien se rendre compte qu'il avait dormi, il ouvrit les yeux surpris de se trouver dehors, dans un endroit inconnu, à dormir en plein jour. Mais, surtout, en ouvrant les yeux il reçut jusqu'au fond de lui-même l'image de ce qui l'entourait. Il était, à l'entrée de ce petit jardin de curé, installé dans une allée bordée de buissons tout fleuris d'un jaune d'or lumineux. Cela sentait

assez fort, une odeur sucrée, et il avait l'impression qu'il ne les avait pas vus avant de s'étendre,
qu'il ne les avait jamais vus auparavant. C'était
comme si toutes ces fleurs, qui formaient des
grappes légères comme des petits pois de senteur
ou des glycines, palpitaient devant lui. De plus, il
était dans une lumière parfaitement propre, sans
poussière, transparente, et le soleil qui, pendant
qu'il dormait, s'était répandu plus largement sur le
jardin, donnait en plein sur cette cascade de fleurs
dorées. Il les voyait comme si toute une série
d'écrans avaient été ôtés, comme si, pour la première fois, il était confronté au spectacle d'un
arbuste en fleur. Il faut dire, aussi, que derrière,
servant de fond, il y avait un arbre d'un vert très
sombre, un grand pin apparemment, et l'or pâle
de l'arbuste se détachait d'autant mieux sur ce
fond de couleur foncée : le contraste rehaussait la
luminosité des fleurs ; l'éclat en était doux et pourtant intense, comme un spectacle réservé pour
celui qui un jour ouvrirait les yeux et le verrait.
Oui, peut-être était-ce la fatigue ; ou bien alors le
fait de se trouver tout à coup ici, loin de ses habitudes : il avait tout oublié — oublié où il était,
oublié qui il était, oublié les soucis de Paris et les
soucis de la maison en difficulté, il était tout à sa
vision, il n'était que spectateur. Osant à peine bouger, il tourna la tête vers la droite, ou plutôt la
laissa pencher vers le côté ; le buisson jaune était à
sa gauche et dans le petit jardin en miniature, qu'il
avait sur sa droite, se dressait un petit arbre fleuri
tout blanc. Il sut plus tard que c'était le fameux
cerisier auquel Véra tenait tant. Sur le moment,
lui qui ne connaissait rien à la campagne, il vit
seulement des branches blanches où les fleurs
précédaient les feuilles et se détachaient fragiles et
éclatantes sur le ciel bleu. Il n'avait pas remarqué
l'arbre tout à l'heure, sans doute parce qu'il était
dans l'ombre. À présent, le soleil avait tourné, la

lumière avait gagné, et l'arbre resplendissait
comme une tendre et frêle perfection. Il regarda
et, là aussi, ce fut comme s'il n'avait jamais vu
d'arbre en fleur auparavant, comme s'il n'avait
jamais vu de blanc auparavant. Quand il se remé-
mora ce moment, plus tard, il eut l'impression
qu'il avait dû entrouvrir la bouche comme pour
aspirer cette beauté ou bien pour dire à quelqu'un
son étonnement, sa reconnaissance. Une branche
fleurie de cerisier se détachant sur un ciel bleu,
cela fait, en principe, très japonais ; mais pour lui
il n'y avait alors aucune référence de culture.
C'était la présence de la couleur et de la vie dans
un esprit que n'encombrerait encore aucune pré-
occupation, dans un esprit vide. Il observait ces
pétales si purs et qui semblaient presque transpa-
rents ; il eut l'impression qu'il en voyait se déta-
cher un, flottant vers lui ; mais il se trompait :
c'était un papillon, aussi blanc que l'arbre en fleur.
Un instant, la surprise de s'en apercevoir fut
comme un élément de plus qui serait venu
compléter ce qui donnait déjà un si fort sentiment
de plénitude.

Paul referma les yeux pour les rouvrir aussitôt :
tout était encore là, les fleurs jaunes à gauche,
l'arbre blanc à droite et le vert sombre du pin dans
le fond, montant vers le ciel bleu. Il est absurde de
désigner ainsi les couleurs par ces adjectifs tout
faits, passe-partout, menteurs : jaune, blanc, vert,
bleu : ce n'était pas du tout ainsi. Ce qu'il voyait ne
ressemblait nullement à ce dessin d'enfant aux
couleurs simplistes que les adjectifs suggéraient.
Les arbustes, dont il sut plus tard que c'étaient des
coronilles, étaient en effet jaunes ; mais d'un jaune
beaucoup plus pâle que par exemple des tourne-
sols ou même des boutons d'or ; ils étaient d'une
couleur beaucoup plus légère et vivante qu'un
tissu ou même de l'or. Les fleurs étaient légères et
mobiles, comme si elles respiraient. Le cerisier

n'était pas blanc comme de la lessive, il n'était pas blanc comme un mur passé à la chaux. Il était translucide et aérien. Il évoquait l'innocence. Et l'arbre n'était pas vert foncé comme peut l'être un velours, ou bien une simple bouteille, il était fait de profondeurs différentes de vert plus clair et de vert plus foncé qui s'organisaient dans la lumière de façon unique et sans doute provisoire, il disait l'épaisseur et la force des végétations naturelles écloses dans le vent et le soleil, et quant au ciel, ah! il n'était pas bleu comme un pantalon de sol- dat d'autrefois ni même comme un ciel d'Île-de- France ou comme un ciel d'Afrique. Il était d'un bleu fait d'absence, suggérant une fuite vers l'irréel. Naturellement, Paul ne chercha nulle- ment, sur le moment, à définir ce qu'il voyait : ce ne fut qu'après coup, lorsqu'il voulut se le remé- morer, qu'il se heurta à la raideur des mots et mesura leur insuffisance. Lorsque le paysage était là, devant lui, à son réveil, la vision ne se décomposait pas en éléments isolés et que l'on pût nommer : les choses étaient là, c'est tout; le reste avait disparu; l'esprit de Paul s'était comme absenté, ses désirs ou ses agacements s'étaient tus; il avait été, par une sorte de miracle, tout entier donné à la sensation. Il n'avait pas vu les choses à moitié, en plus, comme une toile de fond : elles l'avaient investi d'un coup, ne laissant place à rien d'autre; et ce qui comptait était moins la beauté de ce qu'il voyait que son existence même : elle s'imposait comme une révélation. Ces plantes, cette lumière, ces couleurs, tout à coup et pour la première fois existaient. Le monde existait pour lui. Tout le reste était aboli devant cette évi- dence; tous les tracas oubliés.

Il se demanda un moment comment il avait pu, le matin même, traverser ce jardin sans rien voir. Et il se demanda surtout comment il avait pu toute la vie passer ainsi parmi les choses, parmi les gens, occupé seulement de ses soucis, de ce qu'il allait faire ensuite, de ce qu'il allait dire... Et il n'avait rien vu, jamais.

C'est vrai que l'on passe et l'on dit : « C'est très joli », mais on pense en même temps : « Oui, mais j'aime mieux l'Atlantique », ou bien : « Ils doivent avoir un bon jardinier ; je me demande combien ils le payent », ou encore : « J'aurais aimé venir ici avec Agnès ; je me demande ce qu'elle fait en ce moment... » Ou, le plus souvent, on se dit sans doute : « Très joli, mais ils vont me mettre en retard... » ; et l'on s'énerve et l'on s'énerve encore. Avoir l'esprit libre et vacant, rien de plus rare ! Inversement, si par hasard on a l'esprit libre, mais que l'on se trouve à ce moment-là dans le métro, ou bien dans un bureau encombré de livres, aucune révélation ne peut avoir lieu. Cette fois, pour Paul, tout avait été réalisé en même temps depuis sa fatigue, son sommeil, le printemps, tout s'était mis de la partie. Il avait eu cette chance.

Il comprit que c'était une chance. Il comprit que tout à coup le monde pour lui avait pris une dimension de plus, que, même sorti de cette précaire extase, il garderait toujours le sentiment qu'il existe une beauté du monde, qu'il existe un arrêt possible des soucis mesquins dans lesquels on vit, qu'il existe autre chose, tout le temps, à côté de nous. Et du coup, la petite maison de Véra et son modeste jardin lui parurent plus sympathiques, parce qu'il leur devait cette révélation. En même temps, il se dit qu'il ne pourrait pas, après une telle expérience, se mettre à débattre des soucis pratiques et des fosses septiques. Il se leva, parcourut lentement le petit jardin, regardant tout avec soin. Il n'était plus question d'un brusque saisissement et d'une présence remplissant toute sa sensibilité : non, il regardait les choses amicalement avec reconnaissance. Il rentra dans la maison, gagna la chambre qui peu à peu se réchauffait et décida : « Tant pis ! Je resterai un jour de plus, et personne n'en mourra. »

*

Il resta en fait trois jours de plus, trois jours entiers. Certes, la minute d'enchantement était passée ; mais il liait connaissance avec la maison et le jardin. Il se demandait si Véra avait connu des moments de ce genre ; si c'était la véritable raison de l'attachement qu'elle éprouvait pour cette misérable petite propriété. Peut-être — mais connaissait-elle de telles expériences souvent ? Et, qui sait ? Peut-être était-il, lui-même, une monstrueuse exception, alors que les autres avaient tout naturellement ce contact avec la réalité qu'il avait ignoré pendant trente ans. Peut-être les autres avaient-ils toujours su couper ainsi, arrêter le mouvement, arrêter les pendules, et voir le monde ?

Pour les autres, il ne le savait pas ; mais il sentait confusément que sa mère avait l'habitude de tels moments. Après tout, il s'était agi du cerisier qu'elle aimait tant, de la maison où elle venait, et où elle venait peut-être rechercher de tels contacts ou en retrouver au moins le souvenir. Un instant, il se demanda même si elle ne l'avait pas envoyé se charger de ces corvées stupides, exprès, pour lui donner l'occasion d'ouvrir les yeux et de découvrir un monde qu'il ignorait. Il se dit qu'elle avait fait confiance à cette nature méridionale, à ce printemps, à ce soleil, et qu'elle avait envoyé son fils vers ces images, pour partager avec lui l'expérience que peut-être il ferait à son tour. Et puis, il se dit que c'était bien compliqué, bien aléatoire. Mais après tout, il découvrait aujourd'hui que dans la trame des jours existaient des dimensions qu'il n'avait pas connues, que par conséquent la réalité du monde était beaucoup plus complexe qu'il ne l'avait soupçonné.

En tout cas, ému par ce moment exceptionnel, il avait remis à plus tard les problèmes. Il avait décidé que tout pouvait attendre. Le soir, il téléphonerait au professeur de l'Université Cornell et arrangerait les principales décisions à prendre — en somme, c'était faisable. En attendant, il voulait faire mieux connaissance avec la maison, avec le jardin. Il regarda les plantes, toucha les objets. Il ressortit le soir, pour contempler cette nuit provençale sur les arbres endormis. Il essayait de comprendre comment sa mère, si profondément russe, avait choisi ce coin de Provence pour le faire sien et s'y attacher. Peu à peu, lui aussi, voilà qu'il s'y sentait chez lui.

Pendant les trois jours qu'il passa là, il n'eut plus aucune émotion du genre de celle qui l'avait saisi à son réveil, ce premier jour. Il n'en eut d'ailleurs plus de telles pendant des années. Mais il lui restait le sentiment que cela était possible et que le monde était là, tout près, à portée de main.

Cela n'ôta d'ailleurs rien à ses possibilités d'activité pratique, tout au contraire. Aussitôt après avoir dîné, il s'arma du téléphone et appelant successivement le maçon, le voisin à la fosse septique, l'ami américain et sa petite amie Agnès, il régla, remit, simplifia, arrangea toutes sortes de choses. Il les arrangea d'autant mieux, qu'ayant maintenant décidé de prolonger son séjour, il pouvait prendre rendez-vous avec ceux qu'il avait intérêt à voir. Il ne faut pas croire que la révélation de la beauté du monde brise l'élan de l'activité : à cause du bonheur qu'elle procure, c'est en général tout le contraire qui se produit.

Il faillit aussi téléphoner à sa mère ; mais, par une sorte de timidité, il remit cela à plus tard. Il ne pouvait pas lui raconter, à elle moins qu'à personne, l'expérience qu'il avait connue. Il pouvait lui dire simplement : « Ta maison, tu sais, pour finir, elle me plaît assez. » Mais qu'est-ce que cela

pouvait signifier? La remarque paraîtrait un propos gentil; elle ne comprendrait pas. Véra était
trop profondément liée à ce qu'il avait éprouvé et
à cette maison pour qu'il fût possible de lui en parler à la légère ou de communiquer avec elle sans
rien lui dire. Il pensa donc beaucoup à elle, mais
ne téléphona pas.

Il régla tout; et il rentra, habité désormais non
par cette expérience précise, mais par l'idée d'un
monde secret, tout proche. Il n'en parlait point,
mais on voyait qu'il lui était arrivé quelque chose.
Il montrait le même zèle au travail, le même
empressement pour tout discuter et régler, mais il
y avait par moments dans son regard comme une
distance qui, tout à coup, semblait le séparer des
autres et doubler son horizon de perspectives que
l'on ne devinait pas. C'était comme un petit éclat
d'ironie, ou une soudaine tolérance. Cela ne signifiait en rien qu'il était à nouveau en extase ou
découvrait la réalité de ce qui l'entourait: simplement il savait à présent qu'il existait autre chose;
et ce savoir lui donnait une sorte de liberté intérieure qui le rendait plus ouvert à tout et à tous.

Dans ces moments-là, il lui arrivait de dire:
« C'est vrai, je n'y avais pas pensé: c'est amusant... »
Sans doute, est-ce dans un de ces moments-là que
le vieil ami de ses parents, le collaborateur de son
père et l'admirateur de sa mère, celui qui dînait là
tous les dimanches depuis des années, lui dit un
jour, pensif:

— Par moments, Paul, vous me faites vraiment
penser à votre mère.

La remarque était inattendue et nouvelle pour
Paul. Il n'en tira pas l'ombre d'une conclusion.
Mais pour l'ami les choses étaient très claires:
cela voulait dire qu'il y a plusieurs façons de laisser flotter les rubans.

Table

Du même auteur :

Aux éditions Les Belles Lettres

THUCYDIDE, édition et traduction, en collaboration avec L. Bodin et R. Weil, 5 vol., coll. des Universités de France, 1953-1972.

THUCYDIDE ET L'IMPÉRIALISME ATHÉNIEN — La pensée de l'historien et la genèse de l'œuvre (1947 ; 1961 ; épuisé en français).

HISTOIRE ET RAISON CHEZ THUCYDIDE, 1956, 2ᵉ éd. 1967.

LA CRAINTE ET L'ANGOISSE DANS LE THÉÂTRE D'ESCHYLE, 1958, 2ᵉ éd. 1971.

L'ÉVOLUTION DU PATHÉTIQUE, D'ESCHYLE À EURIPIDE (P.U.F., 1961), 2ᵉ éd. 1980.

LA LOI DANS LA PENSÉE GRECQUE, DES ORIGINES À ARISTOTE, 1971.

LA DOUCEUR DANS LA PENSÉE GRECQUE, 1979.

« PATIENCE, MON CŒUR ! » — L'essor de la psychologie dans la littérature grecque classique, 1984 (2ᵉ éd. 1991), Agora, 1994.

TRAGÉDIES GRECQUES AU FIL DES ANS, 1995.

Aux éditions Hermann

PROBLÈMES DE LA DÉMOCRATIE GRECQUE, 1975 (Agora, 1986).

Aux Presses Universitaires de France

LA TRAGÉDIE GRECQUE, 1970, 2ᵉ éd., « Quadrige », 1982.

PRÉCIS DE LITTÉRATURE GRECQUE, 1980, 2ᵉ éd. 1991.

HOMÈRE (coll. Que sais-je ?), 1985, 2ᵉ éd. 1992.

LA MODERNITÉ D'EURIPIDE (coll. Écrivains), 1986.

Aux éditions Vrin

LE TEMPS DANS LA TRAGÉDIE GRECQUE, 1971 (traduction du texte paru en 1968 à Cornell University Press).

Aux éditions Fata Morgana

JEUX DE LUMIÈRES SUR L'HELLADE, 1996.

Aux éditions Julliard

SUR LES CHEMINS DE SAINTE-VICTOIRE, 1987, 2ᵉ éd. 1994.
LA CONSTRUCTION DE LA VÉRITÉ CHEZ THUCYDIDE (coll. Conférences, essais et leçons du Collège de France), 1990.

Aux éditions de Fallois

LES GRANDS SOPHISTES DANS L'ATHÈNES DE PÉRICLÈS, 1988.
LA GRÈCE À LA DÉCOUVERTE DE LA LIBERTÉ, 1989.
DISCOURS DE RÉCEPTION À L'ACADÉMIE FRANÇAISE ET RÉPONSE DE M. ALAIN PEYREFITTE, 1989.
OUVERTURE À CŒUR, roman, 1990.
ÉCRITS SUR L'ENSEIGNEMENT. *Nous autres professeurs* (Fayard, 1969), *L'Enseignement en détresse* (Julliard, 1984), 1991.
POURQUOI LA GRÈCE ?, 1992.
LES ŒUFS DE PÂQUES, nouvelles, 1993.
LETTRE AUX PARENTS SUR LES CHOIX SCOLAIRES, 1994.
RENCONTRES AVEC LA GRÈCE ANTIQUE, 1995.
ALCIBIADE, 1995.
HECTOR, 1997.
LE TRÉSOR DES SAVOIRS OUBLIÉS, 1998.
LA GRÈCE ANTIQUE CONTRE LA VIOLENCE, 2000.

Composition réalisée par EURONUMÉRIQUE

ACHEVÉ D'IMPRIMER EN EUROPE (ALLEMAGNE)
PAR ELSNERDRUCK À BERLIN
Dépôt légal Édit. : 8314-01/2001
Librairie Générale Française - 43, quai de Grenelle - 75015 Paris
ISBN : 2-253-14986-1